도시의 미래전략

박찬우 저

도시의 미래전략

1판 1쇄 인쇄 2026년 1월 26일
1판 1쇄 발행 2026년 1월 30일

지은이 박찬우

발행인 김영대
펴낸 곳 대경북스
등록번호 제 1-1003호
주소 서울시 강동구 천중로42길 45(길동 379-15) 2F
전화 (02)485-1988, 485-2586~87
팩스 (02)485-1488
e-mail dkbookss@naver.com

ISBN 979-11-7168-139-6 03810

추천의 글

성무용(전 천안시장)

도시는 단순한 행정구역이 아니라, 국가의 미래를 떠받치는 삶의 공간이다.

이 책이 던지는 "도시의 경쟁력이 국가경쟁력이다"라는 문제의식은, 지방행정을 직접 책임졌던 사람으로서 깊이 공감하지 않을 수 없는 메시지이다.

저자는 중앙과 지방을 두루 경험한 행정가이자 정치인으로서, 추상적인 구호가 아니라 현장에서 축적된 통찰을 바탕으로 도시의 미래를 이야기한다. 산업과 일자리, 정주 여건과 문화, 행정과 재정이라는 복합적인 요소를 하나의 전략으로 엮어내는 시각은, 오늘날 지방도시가 직면한 현실을 정확히 짚어낸다.

지금 대한민국은 수도권 과밀과 지방 소멸이라는 구조적 위기 앞에 서 있다. 이 책은 그 위기를 단순한 지역 문제로 보지 않고, 국가의 지속가능성을 좌우하는 본질적 과제로 끌어올린다. 저자는 이 문제를 단순히 '지원의 확대'나 '규제 완화'로 해결할 수 없다고 말한다. 대신 도시가 스스로 산업을 설계하고, 공간을 재구성하며, 사람과 자본이 머물 수 있는 조건을 만들어야 한다고 강조한다. 도시가 스스로의 미래를 설계할 수 있을 때, 국가 역시 새로운 도약의 길을 찾을 수 있다는 저자의 주장은 설득력이 크다.

특히 인상적인 점은 도시 경쟁력을 산업, 교통, 주거, 문화, 행정, 재정이라는 개별 요소로 나누지 않고, 하나의 전략적 구조로 바라본다는 점이다. 도시는 어느 한 분야만 잘해서 살아남을 수 없다. 균형 잡힌 설계와 장기적인 비전이 있을 때 비로소 지속 가능한 발전이 가능하다. 이 책은 바로 그 관점에서 도시의 미래를 차분하면서도 설득력 있게, 그리고 단단한 논리로 풀어낸다.

《도시의 미래전략》은 지방정부의 공직자와 정책 담당자뿐 아니라, 도시의 내일을 고민하는 시민과 연구자에게도 중요한 참고서가 될 것이다. 이 책이 더 많은 토론과 실천으로 이어져, 대한민국 도시 정책의 방향을 한 단계 성숙시키는 계기가 되기를 기대한다.

추천의 글

박상돈(전 천안시장)

도시의 경쟁력은 더 이상 선택의 문제가 아니다. 인구 감소, 산업 구조 변화, 재정 압박, 삶의 질 저하라는 복합적인 도전에 직면한 오늘날, 도시가 스스로 미래를 준비하지 못한다면 국가의 경쟁력 역시 흔들릴 수밖에 없다. 『도시의 미래전략』은 바로 이 현실에서 출발하는 책이다.

이 책의 저자는 "지방이 살아야 나라가 산다"는 익숙한 문장을 반복하지 않는다. 대신 그 말이 실제 정책과 행정의 현장에서 무엇을 의미하는지, 도시가 어떤 선택을 해야 하는지를 구체적으로 묻는다. 중앙정부의 계획을 기다리는 수동적인 지방이 아니라, 스스로 산업을 기획하고 공간을 설계하며 사람을 붙잡는 능동적인 도시의 역할을 강조하는 대목은 특히 공감이 깊다.

행정을 직접 해본 사람이라면 누구나 안다. 도시 문제

는 단편적이지 않으며, 하나의 해법으로 해결될 수 없다는 사실을. 산업 정책은 주거와 교통, 교육, 문화 정책과 맞물려 있고, 재정과 행정 역량이 뒷받침되지 않으면 어떤 계획도 실현되기 어렵다. 『도시의 미래전략』은 이러한 복합성을 외면하지 않는다. 오히려 도시를 하나의 유기적 시스템으로 바라보며, 정책 간의 연결과 조정을 강조한다는 점에서 현실적이다.

이 책은 이론서라기보다, 현장을 통과해 나온 정책적 성찰에 가깝다. 도시의 미래를 장밋빛 전망으로 포장하지도 않고, 위기를 과장해 비관으로 몰아가지도 않는다. 가능한 것과 불가능한 것을 구분하며, 도시가 준비해야 할 방향과 우선순위를 차분하게 제시한다. 이러한 태도는 지방자치와 도시 행정을 경험한 사람에게 더욱 신뢰를 준다.

《도시의 미래전략》이 던지는 질문은 분명하다.

도시는 과연 스스로의 미래를 설계할 준비가 되어 있는가, 그리고 국가는 그 도시들을 믿고 권한과 책임을 맡길 용기가 있는가.

이 책이 지방자치와 도시정책을 둘러싼 논의를 한 단계 끌어올리는 계기가 되기를 바라며, 저자의 문제의식과 도전에 깊은 공감과 응원의 뜻을 보낸다.

추천의 글

박성효(전 대전광역시장)

도시는 하루아침에 만들어지지 않는다. 행정의 연속성과 정책의 축적, 그리고 사람에 대한 이해가 쌓일 때 비로소 도시의 경쟁력은 모습을 드러낸다. 《도시의 미래전략》은 이러한 도시 행정의 본질을 깊이 있게 짚어낸 책이다.

저자와 나는 대전광역시에서 함께 일하며, 도시 행정의 가장 치열한 현장을 공유했다. 중앙정부의 정책 방향과 광역도시의 현실 사이에서 어떤 선택이 가능하고, 무엇이 한계인지를 함께 고민했던 시간은 이 책의 문제의식과도 자연스럽게 맞닿아 있다. 그래서 이 책의 문장들은 이론이 아니라 경험으로 읽힌다.

저자는 도시 경쟁력을 단순한 성장 지표로 보지 않는다. 산업과 경제, 교통과 주거, 행정과 재정, 그리고 시민의 삶이 어떻게 하나의 구조로 연결되어야 하는지를 차분하게 풀어낸다. 특히 중앙 의존적 도시가 아니라, 스스로 기획하고 조정할 수 있는 도시의 역량을 강조하는 대목은 광역행정을 경험한 사람으로서 깊이 공감한다.

대한민국의 미래는 더 이상 중앙정부의 정책만으로 완성될 수 없다. 각 도시가 자신의 조건과 잠재력을 정확히 이해하고, 장기적 전략을 세울 때 국가 전체의 경쟁력도 함께 높아진다. 《도시의 미래전략》은 바로 그 점을 냉정하면서도 설득력 있게 보여준다.

이 책이 도시 행정을 책임지는 공직자와 정책 담당자들에게 실질적인 참고서가 되고, 대한민국 도시 정책 논의의 수준을 한 단계 끌어올리는 계기가 되기를 기대한다.

추천의 글

최민호(세종특별자치시장)

행정은 결국 사람과 제도의 시간 싸움이다. 단기 성과에 매몰되면 방향을 잃고, 원칙 없는 타협은 도시의 미래를 갉아먹는다. 《도시의 미래전략》은 이러한 행정의 본질을 정면으로 다루는 책이다.

저자와 나는 행정고시 동기로 출발해 오랜 시간 공직 현장에서 동고동락해 왔다. 중앙부처와 지방정부를 오가며 쌓아온 경험은 서로 달랐지만, 행정에 대한 문제의식만큼은 늘 같았다. 이 책에는 그 긴 시간 동안 축적된 고민과 성찰이 고스란히 담겨 있다.

저자는 도시를 단순한 개발의 대상으로 보지 않는다. 제도와 권한, 재정과 책임이 어떻게 설계되어야 도시가 지속 가능해지는지를 구조적으로 분석한다. 특히 도시 경쟁력을 '지원의 문제'가 아니라 '설계의 문제'로 접근하는 시각은, 행정수도로서 새로운 실험을 이어가고 있는 세종시의 고민과도 깊이 맞닿아 있다.

도시의 미래는 속도가 아니라 방향에 달려 있다. 저자는 빠른 결정보다 일관된 전략, 단기 성과보다 장기 비전을 강조한다. 이는 행정을 오래 해본 사람만이 가질 수 있는 태도이자, 지금 우리에게 가장 필요한 시선이다.

《도시의 미래전략》은 도시를 고민하는 행정가에게는 원칙을, 정책 담당자에게는 기준을, 시민에게는 도시를 바라보는 새로운 관점을 제시할 것이다. 오랜 동료로서, 그리고 같은 길을 걸어온 행정가로서 이 책을 기쁜 마음으로 추천한다.

추천의 글

신상진(성남시장)

　도시는 사람의 삶이 쌓여 만들어진다. 산업도 중요하고 재정도 필요하지만, 결국 도시의 성패를 가르는 것은 시민의 일상과 건강한 공동체이다. 《도시의 미래전략》은 이 당연하지만 잊기 쉬운 사실을 다시금 일깨워 주는 책이다.

　저자와 나는 고등학교 시절부터 인연을 이어왔고, 20대 국회에서는 국회의원으로 함께 일했다. 정치와 행정의 현장을 함께 경험하며 느낀 점은, 도시 문제는 이념이나 구호로 풀 수 없다는 것이다. 이 책은 바로 그 현실 인식 위에서 출발한다.

　저자는 도시 경쟁력을 산업이나 개발 중심으로만 설명하지 않는다. 도시가 시민의 삶을 어떻게 지탱하고, 의료 · 복지 · 교육 · 문화가 어떻게 균형을 이뤄야 지속 가능한지를 함께 고민한다. 이는 시민의 삶의 질을 시정의 중심에 두고자 하는 성남시의 철학과도 깊이 맞닿아 있다.

특히 인상적인 점은 도시의 미래를 '행정의 확장'이 아니라 '도시 운영 방식의 혁신'으로 접근한다는 점이다. 중앙과 지방의 역할 분담, 기초자치단체의 책임과 자율성, 그리고 시민 참여의 중요성을 현실적인 언어로 풀어낸다. 국회와 지방정부를 모두 경험한 사람만이 쓸 수 있는 균형 잡힌 시각이다.

《도시의 미래전략》은 도시 행정을 책임지는 이들에게는 실천의 기준을, 시민에게는 도시를 이해하는 새로운 눈을 제공할 것이다. 오랜 친구로서, 그리고 같은 시대를 살아온 동료로서 이 책의 출간을 진심으로 축하하며 기꺼이 추천한다.

차 례

제1부 왜 지금 지방의 경쟁력인가 _23

프롤로그

지방이 살아야 나라가 산다

대한민국의 지도가 한쪽으로 기울고 있다. 수도권은 인구와 산업이 과잉 집중되며 숨이 막히고, 지방은 청년이 떠나며 공동화의 위기에 빠져 있다. 한쪽은 넘쳐흐르고, 다른 한쪽은 비어가면서 국토의 균형은 흔들리고 있다. 이 문제는 지역의 위기를 넘어 국가의 지속 가능성 자체를 위협하는 구조적 문제이다. 지방이 흔들리면 국가는 중심을 잃는다. 그래서 지방의 경쟁력은 곧 국가경쟁력이다.

그럼에도 우리는 오랫동안 수도권 중심의 발전을 '효율'이라는 이름으로 받아들여 왔다. 산업은 수도권에 몰리고, 대학은 경쟁적으로 상경하며, 청년은 지방을 떠나는 흐름이 너무 오래 지속되었다. 지방을 떠나는 이유는 단순히

'떠나고 싶어서'가 아니라 '남을 수 없어서'이다. 일자리·교육·문화·주거의 기회가 수도권에 지나치게 집중된 결과이다. 일부 지역은 매년 수천 명의 인구가 줄어들며 소멸위험지수가 붉은 신호등을 넘어 경고음을 울리고 있다.

이 구조가 단지 소멸 위험지역에서만 나타나는 것도 아니다. 인구 70만 명의 충남 최대 도시인 천안조차 예외가 아니다. 천안은 수도권과 충청권을 잇는 요충지로, 제조업과 첨단산업이 집적된 대표적인 산업도시이다. 삼성디스플레이, LG생활건강, 수많은 중견·중소기업이 자리를 잡고 있으며, 전국에서 손꼽히는 제조업 기반을 갖춘 도시임에도 불구하고 청년 유출과 주거 부담, 생활 인프라의 불균형 문제를 피할 수 없었다. 일자리는 있지만, 문화·교육·정주 여건이 산업의 성장 속도를 따라가지 못하면서 도시의 매력이 줄어드는 전형적인 지방도시의 고민이 천안에서도 드러난 것이다.

그러나 천안의 사례는 위기이자 동시에 희망의 근거이기도 하다. 천안은 지방도시가 경쟁력을 갖추기 위해 무엇을 갖추어야 하는지를 보여주는 중요한 실험장이었다. 혁신산업을 중심으로 경제기반을 확장해 왔고, 교통망과 산

업단지를 통해 광역 생활권으로 확장하는 잠재력을 증명했
다. 수도권과 한 시간 거리에 있음에도 자체 산업생태계를
구축해온 천안의 경험은 "수도권만이 답"이라는 오래된 인
식을 깨뜨리는 사례이다. 지방도시도 충분히 성장할 수 있
다는 가능성을 보여주는 것이다.

나는 중앙정부와 지방정부, 그리고 국회를 모두 경험하
며 지방문제를 현장에서 직접 보아왔다. 지방이 왜 제 역
할을 하지 못하는지, 어떤 도시가 살아남고 어떤 도시가
뒤처지는지를 천안과 충남 곳곳에서 목격했다. 문제는 단
순한 재정 부족이 아니었다. 설계의 문제였다. 도시가 산
업과 인재, 정주 환경, 문화 인프라를 종합적으로 연결하
는 전략을 갖추지 못하면 인구도, 기업도, 미래도 붙잡아
둘 수 없다. 천안이 직면한 과제는 오늘의 지방이 직면한
과제와 다르지 않았다.

따라서 지방의 문제는 특정 지역의 문제가 아니다. 대
한민국의 미래 전략이다. 지방을 살리는 일은 어느 도시의
이익이 아니라 국가의 체질을 바꾸는 국가적 과제이다. 지
방도시들이 각기 고유한 경쟁력을 갖추고, 스스로 성장할
수 있는 생태계를 구축해야 한다. 천안이 중앙과 지방, 산

업과 생활권의 접점에서 새로운 성장모델을 만들어내듯, 다른 지방도시들도 자신만의 산업 전략과 문화적 매력을 키워야 한다. 수도권과 지방이 제로섬 경쟁을 할 것이 아니라, 서로의 강점을 보완하는 새로운 국토 구조를 만들어야 한다.

이 책은 지방의 경쟁력을 국가경쟁력의 문제로 바라보는 새로운 시각을 담고 있다. 지방을 어떻게 살릴 것인지, 지역은 어떻게 스스로의 미래를 설계해야 하는지, 그리고 국가 전체의 지속가능성을 위해 무엇을 선택하고 무엇을 바꾸어야 하는지를 진지하게 묻고자 했다. 그 과정에서 나는 자연스럽게 고향 천안을 떠올렸다. 공직자로 일하며 늘 마음속에 담아두었던 도시였고, 정치인이 되어 직접 지역의 미래를 그려볼 수 있었던 곳이기도 했다. 천안이 보여준 가능성과 산업적 잠재력, 그리고 시민의 역동성은 지방이 스스로 경쟁력을 회복할 수 있다는 믿음을 굳혀주었고, 이 책의 문제의식을 현실의 사례와 연결하는 중요한 토대가 되었다.

지금 우리는 중대한 선택의 기로에 서 있다. 이대로 수도권 집중을 방치할 것인지, 아니면 지방의 경쟁력을 강화해 국가 전체의 잠재력을 다시 일으켜 세울 것인지 선택해야 한다. 답은 명확하다. 지방이 살아야 나라가 산다. 지방이 경쟁력을 갖출 때 대한민국은 진정한 의미에서 선진국으로 나아갈 수 있다.

이 책이 천안을 비롯한 대한민국 모든 지방도시의 내일을 고민하는 이들에게 작은 방향타가 되기를 바란다. 그리고 무엇보다, 우리가 살아갈 미래를 위해 더 늦기 전에 국토 전체의 새로운 항로를 함께 설계해 나가길 희망한다.

제1부
왜 지금 지방의 경쟁력인가

왜 지금 '지방의 경쟁력'인가

　대한민국은 지금 거대한 전환의 기로에 서 있다. 저출산·고령화로 인구 기반이 빠르게 붕괴하고, 수도권 과밀은 이미 한계치를 넘어 국가의 지속가능성을 위협하고 있다. 지역간 격차가 커지면서 청년들은 더 나은 일자리와 교육·문화 기회를 찾아 수도권으로 떠난다. 지방은 인구 부족으로 공동체의 뿌리가 흔들리고, 수도권은 과잉 압력으로 삶의 질이 떨어지는 역설적 현상이 동시에 일어나고 있다. 이 모순적인 현실은 왜 우리가 지금 '지방의 경쟁력'을 다시 묻고, 근본적으로 재설계해야 하는지 그 이유를 명확하게 드러낸다.

　이러한 흐름 속에서 지방의 문제는 더 이상 지방만의 문제가 아니다. 국토의 절반 이상이 공동화된다는 것은 단순한 지역쇠퇴가 아니라 국가 전체의 경쟁력이 붕괴된다는 뜻이다. 지역 경제의 침체는 기업의 투자 여력을 떨어뜨리고, 인구 감소는 노동시장을 축소시켜 국가성장률을 낮춘다. 지금까지 수도권 중심의 성장 모델이 일정한 역할을 해온 것은 사실이지만, 저출산과 인구감소의 시대에 특정 지역만 팽창하고 다른 지역이 붕괴하는 구조는 더 이상 유지될 수 없다. 국가의 생존을 위해 성장의 무게중심을 근본적으로 재배치해야 한다는 요구는 선택이 아니라 필연이다.

세계의 흐름도 이를 뒷받침한다. 이미 국가보다 도시가 경쟁의 주체가 되는 시대가 도래했다.기업은 국가보다 도시를 먼저 선택하고, 인재는 자신이 머물 도시에 따라 국가를 택한다.

미국 오스틴은 테슬라·애플·구글 등 글로벌 기업을 연이어 유치하며 도시 자체를 새로운 혁신거점으로 만들었다. 독일 뮌헨은 제조업 중심에서 미래산업 중심 도시로 재편되며 국가 경쟁력을 떠받치는 핵심 도시가 되었고, 프랑스 리옹 역시 바이오·의료·문화산업을 융합해 국가 성장을 견인하는 동력으로 부상했다. 이들 도시가 보여주는 공통된 교훈은, 지방이 스스로 경쟁력을 확보할 때 비로소 국가 전체의 역량도 함께 강화된다는 점이다. 지방의 경쟁력은 국가균형발전의 문제가 아니라, 세계 도시 경쟁에서 뒤처지지 않기 위한 전략적 필요 조건이다. 지방이 약하면 국가도 약해진다.

결국 '왜 지금 지방의 경쟁력인가'라는 질문은 대한민국이 앞으로 10년, 그리고 그 이후의 미래를 어떻게 준비할 것인가에 대한 질문과 맞닿아 있다. 산업구조의 대전환, 인구감소의 가속화, 수도권 압력의 폭증, 세계 도시 간 초경쟁이 한꺼번에 중첩되는 이 시기에 지방을 국가전략의 중심에 세우지 않는다면 한국은 성장동력을 잃고 추락할 것이다. 지방이 무너지면 국가도 함께 무너질수 있다는 사실은 우리가 직면한 현실이다.

지방이 경쟁력을 갖추게 되면 수도권의 숨통이 트이고, 국토 전체는 균형있는 성장의 궤도에 오를 수 있다. 이는 단순한 지역 균형이 아니라, 국가의 생존전략이자 대한민국의 새로운 성장모델이다. 중앙과 지방의 관계를 새롭게 설계하고, 지역의 잠재력과 자원을 국가 전체의 자산으로 전환하는 일은 시대가 요구하는 필수 과제이다. 지금이 바

로 그 전환의 시간이며, 이 변화를 주도하지 못한다면 대
한민국은 다가오는 시대의 파고를 이겨낼 수 없다. 지방의
경쟁력 강화는 미래로 나아가는 출발선이다.

수도권 일극체제의 부작용

　대한민국의 수도권 일극체제는 하루아침에 만들어진 구조가 아니다. 지난 반세기 산업화와 도시화의 거센 흐름 속에서, 우리는 국가 발전이라는 절박한 과제를 해결하기 위해 가장 효율적인 공간과 자원을 선택했다. 그 선택이 바로 수도권이었다. 경제성장의 초기 단계에서는 이 집중 전략이 효과적이었다. 자본과 인재, 인프라를 한곳에 모아 빠르게 산업을 확장하는 방식은 개발도상국이 흔히 채택하는 압축성장 모델이었고, 이는 한국 경제를 단기간에 세계 상위권으로 끌어올리는 데 중요한 역할을 했다. 그러나 그 성공의 그림자 역시 깊게 드리워져 있다. 한 지역의 빠른 성장에 의존한 구조는 시간이 흐를수록 경로의존성을 강화하고, 수도권 중심의 경제·사회 시스템을 스스로 공고화하는 방향으로 작동해 왔다.

집중은 다시 더 큰 집중을 낳는다. 주요 기업의 본사는 서울로 모였고, 대학 역시 교육과 연구 역량을 수도권에 집중시켰다. 언론과 금융, 문화 산업도 이러한 흐름을 따라 자연스럽게 같은 공간에 정착했다. 이는 제한된 자원으로 효율을 극대화하기 위해 생산요소의 집적 효과(agglomeration effect)를 선택한 결과였다. 기업은 서울에서 더 많은 인재를 확보할 수 있었고, 인재들은 더 많은 일자리와 기회를 찾아 다시 서울로 향했다. 이 선순환은 수도권에는 강력한 성장 동력이 되었지만, 지방에는 인구 유출과 산업 쇠퇴라는 악순환의 출발점이 되었다. OECD는 단극집중(monocentric) 국가일수록 지역 간 경제 격차를 완화하는 데 더 많은 비용이 들고, 장기적으로 성장 잠재력이 약화되는 경향이 있다고 지적한다. 한국은 그 전형에 가까운 나라이다.

지방의 공동화는 단순한 인구 감소나 산업 이탈로만 설명되지 않는다. 인재의 부재는 지역 대학의 위기를 낳고, 이는 다시 지역 기업의 인력 수급 불안으로 이어진다. 지역경제는 저성장 구간에 갇히고, 청년들은 '남아 있을 이유'를 찾지 못한다. 전국의 228개 시·군·구 중 149곳이 인구 감소로 소멸 위험에 놓여 있다는 경고는 단순한 통계가 아니라 우리 공동체의 지속가능성이 흔들리고 있다는 신호이다. 아무리 정책을 쏟아내도 사람이 없으면 지역은 버틸 수 없다. 소멸은 출생률 문제만이 아니라 구조적 기회 부족의 결과이다.

수도권도 안전지대가 아니다. 서울은 출산율이 0.6명대까지 떨어졌고, 주거비·교통비 부담은 이미 한계 수준이다. 국가의 미래세대를 잉태할 공간이 가장 낮은 출산율을 기록한다는 것은 국가발전의 토대가 무너지고 있다는 뜻이다. 이 때문에 해외 연구에서도 수도권 과밀은 더 이상 '성장의 엔진'이 아니라 '성장의 병목'을 만드는 위험 요인으로 분류된다. 일본 도쿄, 영국 런던, 프랑스 파리 등 일극 또는 과밀 중심 도시들이 겪어온 공통의 문제는 결국 동일하다. 수도권의 압축성장은 고비용 구조를 만들고, 지방의 침체는 국가 전체의 성장 잠재력을 잠식한다는 점이다.

과거에는 국가가 수도권 중심으로 움직이는 것이 자연스러운 선택처럼 보였다면, 이제는 역으로 국가경쟁력을 갉아먹는 구조적 한계가 되고 있다. 경제정책·교육정책·교통정책이 모두 수도권 중심으로 설계되어 왔기 때문에, 지방이 설 자리는 점점 좁아졌다. 철도망과 고속도로, R&D 예산, 규제정책 등이 수도권에 유리하게 배치되면서 '기회의 불평등'은 더 깊어졌다. 지역이 경쟁력을 잃어가는 동안 수도권은 과도한 압력을 견디지 못해 삶의 질이 무너지고 있다. 이는 특정 지역의 문제가 아니라 국가 전체의 지속가능성에 대한 경고이다.

이제 대한민국은 '집중의 덫'을 넘어야 한다. 지방을 살리는 일은 지방만의 문제가 아니며, 수도권의 부담을 해소하는 일은 수도권만의 과제가 아니다. 지방의 경쟁력은 국가의 경쟁력이며, 수도권의 과밀은 지방의 쇠퇴와 동전의 양면이다. 세계 여러 국가는 초집중 체제의 한계를 극복하기 위해 혁신도시 정책, 행정수도 이전, 산업 다핵화 전략 등 다양한 실험을 해왔다. 한국도 마찬가지이다. 국가경쟁력을 지탱하는 새로운 공간 전략을 설계해야 한다. 이제는 '가장 효율적인 곳에 더 몰아주는 전략'이 아니라, '국가 전체의 잠재력을 극대화하는 전략'으로 방향을 바꾸어야 한다.

대한민국의 수도권 일극체제는 한 시대의 성공 방정식이었지만, 앞으로의 시대에는 한계의 방정식이 되고 있다. 변화는 순식간에 오지 않지만, 방향을 바로 잡을 때 비로소 지속가능한 미래가 열린다. 대한민국이 더 이상 특정 지역의 성장에 국가의 운명을 맡기는 시대에서 벗어나기 위해서는, 전국의 모든 지역이 각자의 잠재력과 기회를 바탕으로 성장할 수 있도록 구조를 재정비해야 한다. 수도권 일극체제의 문제를 직시하고 새로운 균형발전의 길을 열어가는 것, 그것이 대한민국이 다음 단계로 도약하기 위한 필수 조건이다.

지방소멸과 인구위기

　대한민국의 인구구조는 지금 근본적인 전환점에 서 있다. 출산율은 세계 최저 수준으로 떨어지고, 청년층은 수도권으로 몰리며, 지방은 인구가 빠져나가 소멸의 경고등이 켜진 지 오래다. 인구 문제는 단순한 통계나 사회현상을 넘어 국가의 존립과 직결되는 문제이며, 특히 지방의 인구 감소는 지역을 넘어 국가 전체의 경쟁력을 약화시키는 치명적인 구조적 위험 요소가 되고 있다. 지방소멸은 지방의 문제인 동시에 대한민국의 미래 문제이다.

　지방의 인구위기는 자연스러운 감소라기보다 구조적 붕괴에 가깝다. 출생아 수는 역대 최저를 기록하고 있으며, 지방 시·군의 상당수는 출산율이 1명에도 미치지 못한다.

그러나 출산율보다 더 큰 문제는 청년층의 유출이다. 지방의 청년층은 더 나은 교육·일자리·문화 기회를 찾아 수도권으로 이동하고, 그 결과 지방의 젊은 인구는 빠르게 줄어들고 있다. 인구가 줄어든 지역은 학교가 줄고, 기업이 빠져나가며, 의료·문화 서비스가 흔들리고, 다시 인구가 더 줄어드는 악순환에 빠진다. 이 과정은 눈에 보이지 않게 진행되지만 한번 꺾인 인구 흐름은 되돌리기 어렵다. 결국 지방소멸은 자연 감소의 결과가 아니라 기회구조가 붕괴된 결과이다.

이 흐름에서 가장 뚜렷한 특징은 '젊은 인구의 집중과 소멸'이 동시에 일어나고 있다는 점이다. 수도권은 청년층이 몰려 과밀이 심화되고, 지방은 청년층이 빠져나가 고령화가 급속하게 진행된다. 서울의 합계출산율이 0.6명대까지 떨어진 이유도 단순히 주거비 때문이 아니다. 청년층이 몰리면서 경쟁은 심해지고 삶은 팍팍해졌으며, 결혼과 출산은 선택하기 어려운 일상이 되었다.

지방은 반대로 청년층이 줄어들면서 생애주기 전반에 필요한 인프라가 약화되고, 그 결과 남은 사람들조차 떠나는 흐름이 만들어졌다. 한쪽은 젊지만 아이를 낳기 어려운

도시가 되고, 다른 쪽은 아이를 낳아도 키울 수 있는 기반
이 붕괴된 지역이 된다. 이 기형적 인구구조는 국가 전체
의 지속 가능성을 위협한다.

지방소멸의 또 다른 문제는 경제 기반의 붕괴로 이어진
다는 점이다. 인구가 줄면 소비가 줄고, 소비가 줄면 지역
의 산업과 상권이 흔들린다. 기업은 구인난을 겪고, 지방
대학은 정원을 채우지 못해 구조조정 압박을 받는다. 학교
가 사라지고 병원이 사라지면 지역은 '생활권'을 잃고, 이
는 다시 인구 유출을 가속한다. 실제로 일부 지자체는 '소
멸 위험 지수'가 이미 심각한 수준에 도달했고, 농산어촌뿐
아니라 중소도시까지 소멸의 위협을 받고 있다. 지방소멸
은 지역 하나의 문제가 아니라 주변 도시와 광역권 전체의
기능 약화를 불러오며 국가의 성장잠재력을 갉아먹는다.

더 큰 문제는 인구위기가 단지 숫자의 문제가 아니라
국가의 제도와 재정, 국방, 사회안전망 전반에 영향을 미
친다는 점이다. 생산가능인구가 줄면 경제성장은 둔화되
고, 복지비용은 폭발적으로 증가한다. 병역 자원 감소는
국방력을 유지하는 데 심각한 부담을 주고, 경찰·소방·
의료 인력 확보에도 어려움이 생긴다. 지방의 인구 감소로

학교가 통폐합되고 지역대학이 무너지면 지역 인재 양성의 기반이 사라지고, 이는 다시 지역경제의 침체로 이어진다. 인구 문제는 국가의 모든 부문을 동시에 흔드는 중층적 위기이다.

결국 지방소멸과 인구위기는 서로 다른 문제가 아니라 한 뿌리에서 나온 문제이며, 그 핵심에는 수도권 일극체제가 자리하고 있다. 수도권의 과밀은 지방의 인구를 빨아들이고, 지방의 인구 감소는 수도권에 더 많은 부담을 전가하는 구조이다. 지방이 살아야 국가가 산다는 명제는 단순한 구호가 아니라 대한민국이 지속가능성을 확보하기 위한 생존 조건이다. 지방에 인구가 유지되고 산업과 교육·문화 인프라가 뿌리내릴 때 국가의 인구 구조도 안정된다. 지방소멸을 막는 것은 지방을 돕는 일이 아니라 국가 전체의 체질을 바로 세우는 일이다.

이제 인구와 지방 문제는 선택의 문제가 아니라 국가 전략의 핵심이 되었다. 재정 지원이나 일회성 대책이 아니라 지역의 산업생태계와 생활 인프라를 통합적으로 강화하고, 지방도 스스로 성장할 수 있는 기회를 제공해야 한다. 지방에 사람이 머물 수 있고, 머무는 것이 더 나은 선택이 되도록 도시 구조를 재편해야 한다. 인구의 흐름은 억지로 잡을 수 없지만, 기회와 조건을 바꾸면 사람들의 선택은 달라진다. 그 선택이 달라질 때 비로소 지방의 미래가 열리고, 대한민국의 지속 가능한 성장이 가능해진다.

지역경제의 양극화와 성장구조의 한계

　대한민국의 지역경제는 지금 구조적 균열 속에서 흔들리고 있다. 제조업 재편, 수도권 기업편중, 중소도시의 경쟁력 약화, 지역산업 생태계 붕괴가 한꺼번에 맞물리면서 지방경제는 빠르게 침체의 길로 들어서고 있다. 이는 단순히 특정 지역의 문제가 아니라 국가성장을 떠받쳐온 산업기반 자체가 약해지고 있다는 신호이며, 지방의 경쟁력 약화는 곧 국가 경쟁력의 약화로 직결되는 중대한 구조적 위기이다.

　산업화 시기부터 지방은 제조업의 중심지로 기능해 왔다. 충청·영남·호남 곳곳에 조성된 산업단지는 한국 경제의 성장 엔진이었다. 천안과 아산, 청주와 음성, 구미와 창원, 광주와 군산은 각각 특정 제조업 분야의 혁신을 이끌었다. 그러나 세계 산업구조가 빠르게 재편되면서 지방 제조업은 심각한 변곡점을 맞았다. 4차 산업혁명, 고도 자동화, 공급망 재편, 고부가가치 산업의 수도권 집중이 동시에 진행되면서 지방 제조업 기반은 경쟁력을 잃어가기 시작했다. 흑자를 내던 공장은 해외 이전으로 지역을 떠났고, 수도권 본사 중심의 의사결정 구조 속에서 지방 제조시설은 비용절감 대상이 되었다. 제조업이 흔들리자 지역경제는 자연스럽게 동반 침체로 이어졌다. 제조업은 단순한 산업이 아니라 지역의 일자리·상권·물류·주거·교육까지 연결된 생태계였기 때문이다.

지방산업 생태계의 붕괴는 이렇게 서서히 진행되었다. 제조업 사업장이 축소되거나 이전하면 협력업체는 공급처를 잃고, 숙련 노동자는 일자리를 잃는다. 지역의 대학은 산업현장과의 연계를 잃고 학생 유입이 줄어들어 경쟁력이 약해진다. 일자리가 줄어든 도시는 소비시장이 위축되고, 상권과 생활서비스 산업이 동반 침체된다. 소득이 떨어지면 주택 수요가 줄고, 청년층은 더 나은 기회를 찾아 수도권으로 떠난다. 이러한 흐름이 반복되면 지역경제는 단순한 경기 침체가 아니라 '구조적 쇠퇴' 상태로 들어간다. 지방산업 생태계는 한 번 무너지기 시작하면 복구하기 어렵다는 점에서 더욱 치명적이다.

　수도권 기업편중은 이러한 과정을 더욱 가속시켰다. 한국의 대기업 본사와 R&D 기능의 70~80% 이상이 수도권에 몰려 있고, 청년층이 선호하는 IT·금융·전문직 일자리의 대부분도 서울·경기 지역에 집중되어 있다. 기업의 핵심 기능이 수도권에 묶여 있는 구조에서 지방 제조업의 역할은 '생산기지'로 한정된다. 이익은 본사로 올라가고, 지역에 남는 것은 저부가가치 생산과 비용 부담뿐이다. 지역에서 창출된 가치가 다시 지역에 투자되지 않는 악순환 속에서 지방은 성장의 동력을 잃었다. 지방에서 생산된 부가가치가 수도권으로 흘러나가는 이른바 '지역경제의 누수효과(leakage effect)'는 지방이 아무리 노력해도 경제가 제자리걸음을 하는 주요 원인으로 작용한다.

　지방 중소도시의 경쟁력이 약화된 원인도 결국 이 구조적 문제들과 맞닿아 있다. 지방 중소도시들은 전통적으로 제조업, 상업, 생활기능이 결합된 도시생태계로 성장해 왔다. 그러나 산업 구조가 빠르게 고도화하는 동안 지방 중소도시는 기술혁신 역량, 고급 인재 유치, 교육·문화 인프라 확충에서 수도권과 경쟁하기 어려웠다. 제조업이 흔들리자 지역의 중소도시는 산업기반을 잃었고, 산업기반이 약해지자 인구가 줄고, 인구가 줄자 서비스업이 무너졌다. 특히 청년층의 수도권 유출은 지방 중소도시의 장기적 경쟁력 약화의 가장 큰 원인이 되었다. 대학이 약해지면 지역 산업은 필요한 인재를 확보할 수 없고, 인재가 빠져나가면 기업은 지역투자를 꺼린다. 이 과정이 반복되면 도시는 '자기잠식형 쇠퇴'에 빠져들고, 회복이 어려워진다.

충청권 역시 이 흐름에서 자유롭지 않다. 천안·아산은 비교적 탄탄한 제조업 기반을 유지하고 있지만, 산업 고도화 속도는 수도권에 비해 느리고, 기업의 핵심 기능 대부분이 서울·경기로 집중되어 있어 지역내 선순환 구조가 취약하다. 대전은 과학기술 중심도시라고 하지만 대규모 기업 생태계가 뒷받침되지 않아 혁신이 실제 산업화로 이어지기 어렵고, 세종은 행정수도 기능은 빠르게 성장했지만 자족산업 기반이 약해 경제구조의 안정성이 부족하다. 충북의 반도체·바이오 산업도 고급 인재 유출 문제를 완전히 해소하지 못하고 있다. 충청권 전체가 수도권과 하나의 생활권처럼 연결되어 있지만, 그 연결성은 때로 지방의 성장엔진이 아니라 수도권 종속 구조를 강화하는 방향으로 작동한다.

결국 지역경제의 양극화와 성장구조의 한계는 개별 도시의 문제가 아니라 국가 전략의 한계에서 비롯된 구조적 문제이다. 지방경제가 무너지면 수도권도 지속가능하지 않다. 수도권의 과밀은 이미 삶의 질을 떨어뜨리고 기업비용을 증가시키며 성장의 효율성마저 잠식하고 있다. 국토의 절반이 활력을 잃은 상태에서 국가 전체의 성장은 정체될 수밖에 없다. 지역경제가 살아야 대한민국 전체가 살아난다. 지방의 산업생태계를 복원하고 지역이 스스로 성장할 수 있는 역량을 갖추도록 국가 전략을 재설계할 때 비로소 한국 경제는 새로운 성장의 길을 찾을 수 있다.

이제 필요한 것은 '지방을 지원하는 정책'이 아니라 '지방이 성장하는 구조'이다. 본사·연구·생산이 지역에 뿌리내리는 산업정책, 지역대학과 기업이 공동으로 성장하는 인재전략, 지방 중소도시가 교육·문화·주거 기반을 갖춘 삶의 중심지로 재편되는 도시전략이 결합되어야 한다. 지역의 경쟁력이 곧 국가경쟁력이라는 명제는 더 이상 선택의 문제가 아니라 대한민국이 살아남기 위한 필수조건이다. 지방의 산소호흡기가 멈추면 국가 전체가 숨을 쉴 수 없다. 한국 경제가 앞으로의 30년을 준비하기 위해서는 지금, 지역경제의 구조를 근본적으로 다시 설계해야 한다.

제2부

도시의 경쟁력은
어떻게 만들어지나

도시경쟁력의 기본조건

　도시가 경쟁력을 갖는다는 것은 단순히 외형적인 규모나 일시적인 개발 성과를 의미하지 않는다. 화려한 건물과 넓은 도로가 도시의 미래를 보장하는 것은 아니며, 인구가 많다고 해서 반드시 경쟁력이 생기는 것도 아니다. 세계 곳곳에서 우리는 겉모습은 크지만 내부는 텅 빈 도시, 산업이 빠져나가자 순식간에 활력을 잃은 도시들을 수도 없이 보았다. 도시의 흥망성쇠는 결국 도시를 떠받치는 구조가 얼마나 튼튼한가에 따라 결정된다. 그 구조를 이루는 핵심 요소가 바로 사람·산업·공간이라는 세 축이다.

　첫 번째 축은 사람, 특히 인재이다. 인재가 떠나는 도시는 오래 버티기 어렵다. 청년은 도시의 가장 역동적인 에너지이자 미래 경제를 이끌 주체이다. 청년이 머물기 위해서는 단순한 일자리만으로는 부족하다. 교육·주거·문화·여가·지역 커뮤니티가 자연스럽게 어우러진 삶의 환경, 즉 '머물 이유'를 갖춰야 한다. 세계의 경쟁력 있는 도시들은 모두 대학·연구기관·산업·문화공간이 도시 속에 촘촘히 연결되어 있으며, 이 구조가 인재의 유입과 정착을 가능하게 한다. 결국 사람을 붙잡지 못하면 어떤 도시도 지속가능한 경쟁력을 가질 수 없다.

두 번째 축은 산업의 지속가능성이다. 도시경제는 안정적이고 다층적인 산업구조를 바탕으로 할 때 비로소 견고해진다. 특정 산업 하나에만 의존하는 도시는 외부 충격에 휘청이기 쉽다. 미국 러스트벨트 도시들이 제조업 쇠퇴와 함께 급속히 무너진 사례는 이를 단적으로 보여준다. 반면 산업 포트폴리오가 다양하고, 기존 주력산업 위에 신산업이 덧붙여지는 구조를 갖춘 도시는 위기에도 회복력이 높다. 반도체·배터리·바이오·AI 같은 신산업을 어떻게 도시경제에 접목시키느냐가 도시의 미래를 가르는 핵심 기준이 되어가고 있다.

세 번째 축은 공간과 교통, 즉 도시의 물리적 구조이

다. 도시는 사람들이 어디에서 모이고, 어떻게 이동하며, 어떤 공간에서 시간을 보내는가에 따라 활력이 결정된다. 도심이 비어 있는 도시, 일자리·주거·문화가 지나치게 분절된 도시는 에너지가 흩어지며 활력을 잃는다. 반대로 대중교통 중심의 콤팩트한 도시구조, 활력이 유지되는 도심, 보행·철도 중심의 복합공간은 사람과 산업을 도시 중심으로 끌어들이는 힘을 갖는다. 세계 주요 도시들이 역세권 재개발, 도심 재생, 교통 중심 도시전략을 우선순위로 두는 이유도 같은 맥락이다.

중요한 점은 이 세 축이 서로 분리된 요소가 아니라는 사실이다. 사람을 머물게 하려면 안정적인 일자리가 필요하고, 일자리는 결국 산업을 통해 만들어진다. 산업이 도시 안에 뿌리내리기 위해서는 교통과 공간의 질이 이를 뒷받침해야 한다. 결국 사람-산업-공간은 하나의 순환 구조로 긴밀하게 연결되어 있으며, 이 고리 가운데 하나라도 약해지면 도시 전체의 경쟁력은 흔들릴 수밖에 없다. 따라서 도시 경쟁력을 높인다는 것은 개별 사업을 늘리는 문제가 아니라, 이 세 축을 어떻게 설계하고 유기적으로 연결할 것인지에 대한 종합적 전략을 세우는 일이다.

이런 시각으로 보면 한국의 지방도시들은 공통된 도전에 직면해 있다. 수도권 집중이 심화되면서 인재가 빠져나가고, 지방대학은 위기를 겪고 있으며, 산업과 도심의 활력이 동시에 약화되는 현상을 겪는다. 이런 구조적 문제는 지방도시의 미래를 잠식하는 뿌리 깊은 원인이 된다. 그러나 동시에, 각 지방도시는 서로 다른 조건과 잠재력을 지니고 있고, 도시경쟁력의 기본축을 어떻게 재설계하느냐에 따라 완전히 다른 미래를 만들 수 있는 기회도 존재한다.

그런 의미에서 천안은 주목할 만한 도시이다. 천안은 교통·산업·인구·대학 등 도시경쟁력의 핵심 요소를 고르게 갖춘 지방도시로, 전국에서도 균형성이 뛰어난 축에 속한다. 수도권과 충청권을 잇는 결절점이자 첨단 제조업과 대학이 공존하는 도시라는 점에서 도시경쟁력을 한 단계 높일 토대가 갖춰져 있다. 그러나 이러한 요소들이 잠재력으로만 남지 않고 실제 경쟁력으로 전환되기 위해서는 사람-산업-공간의 세 축을 하나의 전략으로 통합하는 작업이 필수적이다. 인재가 머무를 수 있는 정주 환경, 산업을 미래로 전환시키는 전략, 도심을 살아 있게 만드는 공간혁신이 균형 있게 추진될 때 천안은 충청권을 넘어 국가적 중심도시로 도약할 수 있다.

　도시의 경쟁력은 선언이나 구호로 생겨나는 것이 아니다. 도시를 떠받치는 구조가 얼마나 단단하게 설계되어 있는가, 그리고 그 구조가 시간의 흐름 속에서 어떤 방식으로 작동하는가가 경쟁력을 결정한다. 인재가 머물고 싶은 도시, 산업이 끊임없이 진화하는 도시, 도심과 교통이 살아 움직이는 도시가 결국 지속 가능한 힘을 갖는다. 사람·산업·공간이라는 세 축을 어떤 방향으로 설계하고, 어떻게 서로 연결해 하나의 생태계로 만들 것인지가 도시의 미래를 가르는 핵심 기준이다. 이는 단지 한 도시만의 과제가 아니라 지금 한국의 모든 지방도시가 반드시 답해야 할 시대적 질문이다. 그리고 이 기준 위에서 어떤 선택을 하느냐에 따라 한국 지방도시들의 미래 지도는 전혀 다른 모습으로 펼쳐질 것이다.

지방의 생존전략: 선택과 집중

지방이 살아남기 위해 필요한 전략은 이제 더 이상 막연한 개발 계획이나 "산단 몇 개 더 짓겠다"는 선언으로 설명되지 않는다. 산업 구조가 급속히 재편되고, AI와 디지털 기술이 모든 분야를 뒤흔드는 시대에는 지방이 어떤 산업과 인재, 공간 전략을 선택하느냐가 지방의 생존을 결정한다.

가장 먼저 해야 할 일은 '지방이 잘할 수 있는 분야'를 정확히 아는 일이다. 모든 산업을 동시에 육성하겠다는 지방정부의 계획은 대부분 실패한다. 지역의 기업 구조, 산업 인프라, 교육역량, 인재 공급능력 등 조건을 하나씩 따져보면 잘할 수 있는 분야는 몇 가지로 좁혀 진다. 예를 들어 제조업 기반이 탄탄한 지역은 AI 기반 제조혁신과 스마트 팩토리 전환이 핵심 전략이 되고, 대학과 연구소가 밀집한 지역은 바이오·의료·정밀기술 분야에서 경쟁력이 생긴다. 항만과 물류 인프라가 강한 지역이라면 해운·에너지·수소 산업에서 기회가 열릴 수 있다. 결국 지역은 스스로의 잠재력을 명확히 정의해야 하고, 그 이후에야 선택과 집중이 가능해진다.

둘째로 중요한 선택은 '지역이 스스로 산업을 기획하는 능력'을 확보하는 것이다. 국가정책은 큰 방향을 제시할 수는 있지만, 지역의 산업 구조와 여건까지 세밀하게 설계해 주지는 못한다. 결국 정책을 실제 투자와 일자리로 전환하는 과정은 지역의 준비도와 실행 역량에 달려 있다. 이 역량이 충분하지 않으면 국가 정책이 발표되더라도 지역은 그 흐름을 현실화하지 못한 채 주변에 머물 가능성이 크다. AI·바이오·반도체·미래차와 같은 미래산업 역시 마찬가지이다. 국가가 큰 방향을 정하더라도 실제 투자는 지역에서 이루어지고, 인력 수요 또한 지역의 산업 여건에 따라 결정된다. 기업은 지역의 행정 역량과 교육 인프라, 연구 생태계, 정주 환경을 종합적으로 검토해 투자 여부를 판단한다. 그렇기 때문에 지방정부는 단순한 지원 주체를 넘어, 산업을 설계하고 생태계를 조율하는 역할로 나서야 한다.

세 번째 집중 영역은 '인재'이다. 지방이 성장하려면 기업보다 먼저 인재가 들어와야 한다. 하지만 현실은 정반대이다. 많은 지방대학이 청년 감소로 신입생을 채우지 못하고, 지방의 기업들은 사람을 구하지 못해 투자를 보류하거나 수도권으로 이전한다. 결국 지역의 미래는 인재 유입과 교육 혁신에 달려 있다. AI · 반도체 · 바이오처럼 고급 인재 기반 산업일수록 지역은 교육기관과 연계된 인력양성 체계를 갖춰야 하고, 청년들이 머물고 싶어 하는 도시 환경을 만들어야 한다. 주거 · 문화 · 교통 · 돌봄 · 여가 등 일상의 질이 낮으면 기업과 대학이 아무리 노력해도 인재는 지역에 뿌리를 내리지 않는다. 지방의 인구문제와 산업문제는 따로 있는 것이 아니라 하나의 문제인 셈이다.

'공간 전략'도 선택과 집중의 대상이다. 도시 전체를 개발하겠다는 방식은 현실성이 없다. 지역은 핵심 기능이 모여 있는 곳에 역량을 집중해야 한다. 산업단지와 대학, 역세권, R&D 시설, 스타트업 공간 등을 하나의 축으로 묶고, 도시계획을 여기에 맞춰 재편해야 한다. 미국 텍사스 오스틴이 실리콘 밸리를 대체하는 제2의 혁신지대로 성장한 것도 도시 전역에 투자를 분산하지 않고 대학·연구·창업 중심지인 특정 지역에 혁신 자원을 집중했기 때문이다. 독일의 드레스덴이 반도체 도시로 부활한 것도, 장기간 동일 지역에 R&D·대학·기업을 함께 모으는 전략이 있었기 때문이다. 지방의 경쟁력은 넓은 공간에서 나오는 것이 아니라, 집중된 혁신지대에서 나온다.

또 하나 중요한 선택은 '중복 투자'의 과감한 정리이다. 여러 지역들이 똑같은 산업, 똑같은 클러스터, 똑같은 공공기관을 유치하겠다고 경쟁한다면 누가 이겨도 국가 전체적으로는 비효율이 커지고, 대부분의 지역이 애매한 경쟁력만 남긴다. 지방은 스스로 중복을 줄여야 한다. 이웃 지역과 협력해 산업을 분담하고, 광역권 차원에서 역할을 나누는 전략이 중요하다. 균형발전은 '모든 지역이 똑같이 하겠다'는 개념이 아니라, '지역마다 잘하는 분야를 중심으로 특화'를 하는 개념이어야 한다.

선택과 집중 전략의 핵심은 결국 하나로 귀결된다. 지방이 스스로 미래를 설계하고, 선택한 분야를 포기하지 않고 밀어붙이는 힘을 갖는 것. 도시는 전문성이 쌓여야 경쟁력이 생기고, 전문성은 집중에서 나온다. 산발적인 정책

이나 단년도 예산은 지역발전을 만들지 못한다. 지속성·
일관성·전략성이 지역의 가장 중요한 자산이 된다.

　오늘 한국에서 지방이 가져야 할 선택은 지금 자신이
어디에서 경쟁력이 있는지 냉정하게 판단하고, 선택한 분
야를 중심으로 산업·교육·도시 전략을 통합하는 것이
다. 사람과 기업이 모이고, 기술과 자본이 축적되는 도시
가 결국 미래를 이긴다. 선택과 집중이란 말은 오래된 경
제학 용어가 아니라, 지방이 살아남기 위한 생존의 언어
이다. 지방이 강해야 국가가 강하다는 말이 공허한 구호가
되지 않기 위해서라도, 지방은 지금 이 순간 무엇을 선택
하고 어디에 집중할 것인지 분명하게 정해야 한다.

기업이 선택하는 도시

　기업은 이제 국가보다 도시를 먼저 본다. 글로벌 경쟁이 치열해질수록, 기업은 어느 나라에 투자할 것인가 보다 어느 도시에 자리 잡을 것인가를 더 중시한다. 법인세율이나 규제와 같은 국가 차원의 조건도 중요하지만, 실제로 공장과 연구소가 들어서고 인재가 모이는 공간은 결국 도시이기 때문이다. '지방의 경쟁력이 곧 국가경쟁력'이라는 말이 더 이상 비유가 아닌 이유이다. 어느 지역이 기업의 선택을 받느냐에 따라 그 나라의 성장 경로 또한 달라진다.

　기업이 도시를 고를 때 가장 먼저 보는 것은 입지 조건이다. 교통망과 물류 접근성, 전력·용수 등 기본 인프라는 지금도 가장 중요한 요소이다. 특히 반도체·AI·배터리처럼 대규모 전력을 필요로 하는 산업은 항만·공항·고속철도까지의 이동 시간, 대규모 전력 공급 능력, 공급망이 연결되는 주변 기업들과의 거리까지 종합적으로 따진다. 최근 수도권 남부를 중심으로 반도체와 배터리 분야의 대규모 투자 계획이 잇따라 발표되었다. 그 과정에서 충청권이 주요 입지 후보에서 상대적으로 밀려났다는 지적도 이어지고 있다. 이는 단순한 기업 선호의 문제가 아니라, 안정적인 전력 공급 능력과 송배전망, 이미 형성된 산업 집적도와 협력 생태계 등 핵심 기반에서 경쟁력의 차이가 작용했음을 보여준다.

두 번째로 중요한 요소는 인재이다. 기업은 단순히 인건비가 낮은 도시를 찾지 않는다. 고급 인력이 안정적으로 공급되고, 채용한 인재가 그 도시에서 오래 정착할 수 있느냐를 본다. 그 기준에는 지역 대학의 수준, 직업교육 체계, 기술인력 양성 시스템, 그리고 인재가 생활하기 좋은 주거·교육·문화 환경까지 모두 포함된다. 기업 입장에서 중요한 것은 "이 도시로 가면 사람을 구할 수 있는가"이고, 더 나아가 "사람이 떠나지 않고 살 수 있는가"이다. 결국 대학·직업계고·폴리텍·지역 연구기관이 하나의 교육 생태계로 움직이는 도시가 가장 강한 경쟁력을 갖게 된다.

세 번째 요소는 인프라이다. 과거의 인프라가 도로와 철도, 항만 중심이었다면, 지금은 데이터센터 수용 능력, 초고속 통신망, 신재생에너지 기반시설, 그리고 의료·문화·교육 같은 생활 인프라까지 모두 포함된다. 특히 AI와 데이터 산업이 커지면서 초고압 전력, 안정적인 냉각 환경, 재해위험도, 친환경 에너지 공급 가능성 등이 도시 경쟁력의 핵심 기준으로 자리 잡았다. 기업이 더 이상 '땅값이 싸다'는 이유만으로 지방을 선택하지 않는 것도 같은 이유이다. 글로벌 기준을 충족하는 인프라가 갖춰지지 않으면 투자 후보지에서 바로 제외된다.

입지·인재·인프라의 세 가지 축 위에 R&D·창업·기업지원 생태계가 갖춰질 때, 비로소 기업이 '찾아오는 도시'가 된다. 외국의 혁신도시들은 대부분 대학이나 연구기관을 중심에 두고 창업보육센터, 테스트베드, 공동연구시설을 구축해 스타트업과 중소기업의 성장을 돕는다. 우리나라에서도 혁신도시와 산학연 클러스터를 중심으로 이전 공공기관이 창업공간 제공, 공동 채용, 기술 지원 등을 확대해 지역기업을 키우는 사례가 늘고 있다. 기업 입지 기준이 과거의 '세제 혜택+산업용지'에서 'R&D+혁신역량+네트워크' 중심으로 옮겨가고 있는 것이다.

글로벌 기업 유치 경쟁이 치열해지면서 도시 간 경쟁도 더욱 복잡해졌다. 외국인 투자 역시 대학-기업 협력, 연구개발 역량, 혁신 클러스터가 탄탄한 도시에 몰린다. 반도체·배터리·바이오 같은 전략산업은 하나의 '벨트'를 형성하는 도시권에 집중되는 경향이 두드러진다. 최근 삼성그룹이 평택 반도체 캠퍼스를 중심으로 국내에 대규모 투자를 예고한 것은, 수도권 남부와 충청 북부권이 하나의 초광역 제조·혁신 벨트로 재편되고 있음을 보여주는 상징적 장면이다.

이 관점에서 천안·아산·평택 초광역 제조벨트는 매우 중요한 의미를 갖는다. 평택에는 세계 최대 규모의 반도체 생산기지가 구축되고 있고, 주변에는 자동차·배터리·철강 등 핵심 산업이 집적되어 있다. 천안과 아산은 반도체·디스플레이·전자·자동차부품 산업의 중심지로 성장해 오며, 충남 제조업의 심장 역할을 수행하고 있다. 여기에 KTX·SRT·경부고속도로·서해안고속도로가 연결되고, 평택·당진항과 인천·청주공항까지의 접근성이 뛰어나 기업 활동에 최적의 입지 조건을 갖추고 있다. 충청권과 수도권의 인재가 모두 통근·통학 가능한 지리적 장점도 크다.

그러나 이런 조건만으로는 미래 경쟁력을 확보할 수 없다. 충청권 지역언론이 지적하듯, 대규모 투자에서 지역이 제외되거나 기업유치가 특정 권역에 편중되는 현상은 지역전략이 여전히 미완성임을 보여준다. 에너지 인프라와 산업용지 확보, 규제특례 확대, 전문 인재 양성과 같은 요소를 체계적으로 재정비하지 않으면 초광역 제조벨트도 금방 한계를 맞게 된다. 결국 지방정부가 해야 할 일은 "우리는 어떤 산업을 중심으로 도시를 설계할 것인가"에 대한 선택과 집중이다. 모든 산업을 끌어안는 것은 불가능하다. 반도체·디스플레이·자동차·배터리 같은 주력 제조산업에 집중할 것인지, 바이오·헬스·로봇·우주 같은 신산업의 테스트베드를 구축할 것인지, 혹은 이 둘을 초광역 차원에서 결합한 새로운 모델을 만들 것인지 전략적 판단이 필요하다.

지방의 경쟁력이 국가경쟁력이라는 말은 이제 선언이 아니라 현실을 설명하는 문장이다. 어떤 도시가 기업의 선택을 받고 성장동력을 확보하느냐에 따라 그 나라의 미래가 달라진다. 입지와 인재, 인프라 위에 혁신 생태계를 갖춘 도시, 그리고 초광역 제조벨트를 중심으로 산업 클러스터를 설계한 도시는 글로벌 공급망 재편의 시대에 새로운 기회를 잡게 된다. 천안·아산·평택 벨트 역시 이런 관점에서 다시 설계되고 강화되어야 한다. 기업이 선택하는 도시를 만드는 것, 그것이 지방을 살리고 국가경쟁력을 높이는 가장 확실한 길이다.

지역혁신 클러스터 조성전략

　대한민국은 지금 산업의 중심축이 이동하는 거대한 전환기에 서 있다. 글로벌 경쟁이 갈수록 치열해지고 기술혁신 주기가 빨라지면서, 지방경제는 그 변화를 따라잡지 못한 채 힘을 잃어가고 있다. 특히 지방 제조업은 세계 공급망 재편과 기술 패권 경쟁의 한복판에서 직접적인 압력을 받고 있다. 이 변화의 충격을 가장 먼저, 그리고 가장 크게 체감하는 곳이 수도권이 아니라 지방이라는 사실은 지금의 현실을 적나라하게 보여준다. 지역경제가 흔들릴 때마다 지방 도시들은 산업의 빈자리를 채울 미래를 고민해야 했고, 그 해답으로 점차 부상한 것이 바로 지역혁신클러스터 전략이다.

　혁신클러스터는 단순한 산업지대를 하나 더 만드는 일

이 아니다. 산업단지를 확장하는 것만으로는 지방경제의 구조적 쇠퇴를 막을 수 없다는 사실은 이미 한국이 지난 20년 동안 겪어온 경험이 증명한다. 클러스터는 기업·대학·연구기관·지자체·자본이 서로 연결되어 하나의 생태계를 이루는 공간이며, 그 안에서 기술혁신과 산업전환이 지속적으로 일어나는 구조를 의미한다. 혁신은 시설이 아니라 연결에서 출발한다는 점에서 클러스터는 '산업정책'이 아닌 '생태계정책'에 가깝다.

세계적으로 성공한 클러스터들의 모습은 이를 확인하게 해준다. 실리콘밸리는 스탠퍼드 대학에서 시작된 연구·산학협력 네트워크에 벤처캐피탈과 창업 생태계가 밀착되며 기술혁신을 재생산하는 구조를 만들었다. 독일 바덴뷔르템베르크의 경우 수백 개의 히든챔피언 기업과 프라운호퍼 연구소, 기술대학이 긴 시간 함께 축적한 기술력으로 제조혁신의 심장을 만들었다. 선전은 규제완화·민간혁신·제조실증이 결합한 구조를 통해 세계에서 가장 빠르게 "아이디어 – 제조 – 상용화"가 연결되는 도시가 되었다. 츠쿠바는 공공 R&D 중심의 계획형 클러스터가 어떻게 민간으로 기술을 확산시키는지 보여주는 사례이다.

우리나라에서도 클러스터 구축 시도가 이어지고 있지만, 수도권 집중 구조 속에서 지방 혁신역량이 파편적이고 중간에서 끊겨 있는 경우가 많았다. 판교테크노밸리는 한국 ICT 산업의 혁신 중심지로 자리 잡았지만, 그 성과가 지방으로 확산되기 보다는 지방의 청년인재와 스타트업을 흡수하는 구조로 작동한 것이 한국형 클러스터의 한계로 지적된다. 반면 대구·경북의 의료·로봇 클러스터, 광주의 AI·미래차 클러스터는 지역 주도로 산업전환을 시도한 의미 있는 실험으로 평가된다.

이러한 맥락에서 천안의 시도는 유의미한 흐름 변화로 볼 수 있다. 천안은 기존의 전자·기계 중심 제조업 기반을 유지하면서도 이차전지 소재·부품, 스마트 모빌리티, 기계-ICT 융합, 미래의료·헬스케어 등 신산업 분야를 중심으로 클러스터를 구축해 왔다. 8개 전략산업 지정을 통해 클러스터 형성의 초기 틀을 마련했고, 기업 간 교류 행사를 열어 산·학·연 네트워크를 강화하려는 움직임도 보이고 있다. 제조업 중심 도시였던 천안이 지역산업 생태계를 미래 산업구조로 재편하려는 시도는 지방 중견도시가 취할 수 있는 가장 현실적인 전략이다.

천안의 산업적 지형은 클러스터 전략을 추진하는 데 여러 장점을 제공한다. 수도권과 가까운 지리적 위치, 국내 최대 규모의 제조업 인력풀, 천안·아산 산업벨트를 중심으로 한 생산기지, KTX·고속도로 등 전국으로 연결되는 교통망은 클러스터 조성의 물리적 기반이다. 동시에 충청권 전체가 하나의 혁신경제권으로 연결될 수 있는 구조도 존재한다. 천안·아산의 제조업, 대전의 과학기술·연구개발, 세종의 행정·데이터 인프라, 청주의 반도체·바이오 산업이 서로 결합하면 단순한 지역 클러스터가 아니라 '광역형 혁신경제권'으로 확장될 수 있다.

그러나 이 정도의 장점만으로 성공하는 클러스터는 없다. 혁신의 기반은 결국 인재와 기술, 그리고 산업전환을 수용하는 도시의 역량에서 형성된다. 지역대학이 지역의 산업전략과 맞지 않는 교육을 제공한다면 산업은 인재를 구하지 못하고, 인재는 지역에 머물 이유를 찾지 못한다. 연구기관과 기업의 기술이 연결되지 않는다면 R&D는 지역에 머물지 못한 채 성과가 서울로, 해외로 빠져나간다. 창업과 기업성장을 지원하는 자본시장이 없다면 스타트업은 도시에서 자라날 수 없다. 정주환경이 뒷받침되지 않는다면 외부 인재는 지역에 머물지 않고, 지역 인재는 지역을 떠난다.

최근의 국제경제 환경은 혁신클러스터 전략을 더 이상 선택이 아니라 필수로 받아들여야 하는 이유를 더욱 분명하게 만든다. 중국 제조업의 부상은 이미 한국 지방 제조업을 정면으로 압박하고 있다. 가격경쟁력을 잃고 기술격차가 좁혀지는 과정에서 지방의 중소기업과 협력업체는 즉각적인 위험에 노출된다. 미국과의 관세협상으로 인한 대기업들의 대규모 해외투자 확대 역시 시간이 지나면서 국내 투자여력을 줄이고, 그 여파는 신규 공장·설비투자·고용 축소라는 형태로 지방경제에 나타날 것이다. 한마디로 말해 글로벌 환경은 지방경제에 예전보다 훨씬 가혹해지고 있다.

그렇기 때문에 지금 필요한 것은 지역이 스스로 미래를 설계하는 일이다. 클러스터는 그 자체가 하나의 산업정책이면서 동시에 지역의 생태계 구조를 바꾸는 공간정책이며, 인재정책이고 도시정책이다. 특정 산업을 유치하고 기업 몇 곳을 모아 놓는다고 해서 클러스터가 만들어지는 것이 아니라, 연구와 기술개발이 지역 안에서 이루어지고, 그 기술이 산업으로 연결되며, 그 산업이 다시 인재와 정주환경을 끌어들이는 선순환 구조가 형성될 때 비로소 클러스터는 생태계로서의 기능을 갖는다. 충청권이 이를 광역 단위에서 연결할 수 있다면 수도권 일극체제의 구조적 한계를 넘어서는 대한민국 지역발전 모델을 제시할 수 있을 것이다.

지역혁신클러스터는 지방경제의 회복을 넘어 대한민국 성장전략의 핵심 과제가 되고 있다. 지방이 살아 있어야 국가가 지속될 수 있다는 단순한 명제는 이제 하나의 국가전략이 되었다. 천안이 그 전략의 중심축이 될 수 있을지, 충청권 전체가 새로운 혁신경제권으로 도약할 수 있을지는 지금 우리가 지역의 미래를 어떤 시각으로 바라보고 어떤 선택을 하느냐에 달려 있다.

미래산업시대 지방의 인재육성전략

　기업이 투자 지역을 평가할 때 가장 먼저 확인하는 것은 세금이나 규제가 아니라 '필요한 인재를 안정적으로 확보할 수 있는가'이다. 반도체·AI·바이오처럼 고난도 기술이 필요한 산업은 특히 그렇다. 결국 도시 경쟁력의 핵심은 공장 부지가 아니라 지역에서 길러낸 기술 인재의 규모와 질이며, 이를 만드는 주체는 대학·기업·지자체이다. 그러나 지금 지방은 바로 이 교육·인재 생태계가 무너지는 위기 앞에 서 있다.

　학령인구 감소로 지방대학의 40% 이상이 정원을 채우지 못하고, 일부는 통폐합까지 검토 중이다. 대학이 흔들리면 청년이 떠나고, 청년이 사라진 지역에는 기업도 남지 않는다. 인재·기업·일자리·경제가 함께 줄어드는 악순환을 끊기 위해서는 지방대학을 단순한 교육기관이 아니라 지역 성장의 엔진으로 재정립해야 한다.

대학은 지역을 떠날 수 없는 앵커기관으로 혁신을 주도해야 한다. 미국 피츠버그가 철강 몰락 이후 바이오 · AI · 로봇 산업도시로 재건된 것도, 핀란드 오울루가 대학을 중심으로 ICT 혁신도시가 된 것도 모두 대학이 기업 유치 · 연구개발 · 도시 브랜드까지 적극적으로 이끌었기 때문이다.

한국의 지방대학도 이제 전국 단위 모집 대신 지역 산업과 직접 연결된 학과 설계, 기업 참여 커리큘럼, 실제 산업 현장에서 배우는 실증교육 시스템을 갖춰야 한다. 반도체 · 배터리 · AI · 바이오처럼 고도의 기술을 요구하는 분야는 대학—기업—지자체가 교육 → 실습 → 연구 → 취업까지 하나의 선순환을 구축해야 한다. 대학은 기업의 연구 파트너이자 중소기업 기술 애로를 해결하는 '지역 두뇌'가 되어야 한다.

기업 역시 인재 배출을 수동적으로 기다릴 수 없다. 이미 삼성 · SK · LG · 현대차 등은 계약학과를 통해 필요한 인재를 직접 키우고 있다. 천안 · 아산의 많은 제조기업도

대학과 공동교육과정, 장학사업, 실습 프로그램을 확대하고 있다. 기업이 커리큘럼 설계와 장비·데이터 공유에 참여하면 대학의 교육은 실효성이 올라가고 기업은 안정적인 인력을 확보할 수 있다.

지자체의 역할은 지역 인재 전략을 총괄하는 컨트롤타워이다. 5~10년 뒤 필요한 인재 수요를 분석하고, 대학·기업 역할을 배분하며, 산학연 협력을 위한 캠퍼스 혁신파크·지역혁신플랫폼·공용장비센터 같은 인프라를 구축해야 한다. 허가·입지·장비·데이터·재정을 아우르는 '원스톱 행정'도 필수이다.

이런 관점에서 천안은 높은 잠재력을 지닌 도시이다. 수도권과 충청권의 경계에 있어 접근성이 좋고, 단국대·호서대·백석대·상명대 등 대학 밀집도가 높다. 또한 천안은 삼성디스플레이, 현대·기아차 협력업체, 반도체 후공정 기업, 전자부품 기업 등이 집적된 대한민국 대표 제조도시이다. 평택의 반도체 생산라인, 아산의 디스플레이 제조기지, 천안의 부품·후공정·소부장 기업이 하나로 연결되어 천안·아산·평택 초광역 제조벨트가 완성되면 국가 핵심 산업축이 형성된다. 이 산업축에서 가장 부족한 것은 땅이나 건물이 아니라 지속적으로 공급되는 기술 인재이다.

천안형 산학연 협력모델은 다음과 같이 구체화될 수 있다.

천안의 대학들은 반도체·AI·배터리·바이오 등 지역의 전략산업과 직접 연결된 교육·연구 체계를 구축해 전문 인재를 길러내야 한다. 이를 위해 기업과 함께 교육과정을 설계하고 공동학과를 운영하는 방식이 필요하다. 이러한 교육 혁신은 산업단지와 인접한 곳에 대학 연구실, 기업 연구소, 공용 장비센터가 한 공간에서 맞물려 작동하는 산학연 융합캠퍼스 조성과 자연스럽게 연결된다. 연구와 실증, 시험·평가가 한곳에서 수행될 수 있어 산업 전반의 혁신 속도를 높이는 기반이 된다.

지역 대학이 보유한 연구장비와 분석·시험 역량을 중소기업에게 개방해 기술자문과 공정개선, 시험지원까지 제공하는 천안 R&D 허브도 중요한 축이다. 이는 지역 기업들이 부담 없이 혁신 역량을 강화할 수 있도록 돕는 지역 기술 생태계의 핵심 인프라가 될 것이다.

이와 함께 대학·기업·지자체가 힘을 모아 청년들이 실제로 생활하고 정착할 수 있는 환경을 만드는 일도 필수적이다. 주거와 교통, 문화 인프라가 뒷받침되지 않으면 아무리 교육·연구 체계를 마련해도 인재는 다른 도시로 이동할 수밖에 없다. 교육·연구·정주가 하나의 선순환을 이루는 구조를 마련할 때, 비로소 천안형 산학연 협력모델은 완성된다.

결국 지방의 미래는 인재의 미래이다. 대학이 살아야 지역이 살고, 지역이 살아야 국가가 산다. 지방대학의 위기는 위기이자 기회이며, 대학·기업·지자체가 함께 교육·연구·정주 생태계를 구축한다면 지방은 다시 성장의 중심이 될 수 있다.

그리고 천안은 그 변화의 선도 도시가 될 수 있다. 천안형 산학연 협력모델이 완성된다면 천안은 단순한 교육도시나 제조도시를 넘어 "사람을 만들고, 그 사람이 산업을 키우는 도시", 기업이 선택하고 청년이 정착하는 도시로 도약하게 될 것이다.

지방교육혁신과 교육발전특구

　수도권 집중은 이미 한계치를 넘어선 지 오래이다. 인구, 일자리, 기업, 교육, 문화 등 국가 핵심 기능이 수도권에 몰리면서 지방은 공동화 현상과 인구소멸 위기에 빠르게 다가서고 있다. 전체 국토의 12%에 불과한 수도권에 인구의 절반 이상이 살고, 대학의 70% 이상이 수도권에 집중되어 있으며, 대기업 본사의 90%가 수도권에 몰려 있는 현실은 지역의 지속가능성을 위협하는 구조적 불균형이다. 청년은 더 나은 교육과 일자리를 찾아 수도권으로 떠나고, 지역대학은 정원미달로 존폐 위기를 걱정하며, 기업은 인력 확보를 위해 수도권 인근으로 이전한다. 그 결과 지방의 교육·의료·문화·행정 서비스는 약화되고, 삶의 질 격차는 구조화되고 있다.

　전국 228개 기초자치단체 중 절반 이상이 '지속가능성

위험' 단계에 있으며, 상당수는 이미 인구감소를 넘어 '지방소멸 위험'이라는 절박한 경고음을 울리고 있다. 이는 단지 지방의 문제가 아니라 국가 전체의 균형과 미래를 위협하는 중대한 과제이다. 정부는 이러한 문제의식을 바탕으로 '지방시대'를 선언하고 다양한 지역균형 전략을 추진해 왔지만, 그 모든 전략에서 교육이 핵심 축으로 자리 잡지 못한다면 균형발전은 공허한 약속에 그칠 수밖에 없다.

지역이 살아남기 위해서는 사람이 필요하고, 사람이 지역에 머무르기 위해서는 삶의 기반—교육, 정주, 일자리, 문화—이 선결되어야 한다. 오늘날 수도권 집중의 본질은 교육기회와 삶의 질 격차이다. 교육은 지역사회의 중심축이자 균형발전의 기초 인프라이며, 미래세대가 지역에 정착할 수 있는 전제이다. 교육을 중심축으로 놓지 않는 지역균형 전략에는 지속성이 없다.

이전 정부는 '지방시대 종합계획'을 통해 고등교육을 중심으로 한 인재 양성과 지역대학 혁신전략을 제시했다. 지역대학의 경쟁력 회복, 지자체 – 교육청 – 대학 간의 협업, 지역특화형 고등교육 모델 등이 그 핵심이었다. 이재명정부 들어서는 생활권 기반의 지역교육 강화로 무게중심이 이동하고 있다. 지역 돌봄체계 강화, 기초학력 보장, 디지털 학습환경 구축, 정주 전략과 연계된 학령인구 분산정책이 주요 과제로 제시되고 있다. 전 정부가 대학을 중심으로 한 인재유출 방지에 초점을 두었다면, 현 정부는 유ㆍ초ㆍ중등 단계부터 정주ㆍ교육을 통합적으로 설계하려는 방향이다.

그러나 교육정책이 정권 변화에 따라 흔들리는 현실은 결코 바람직하지 않다. 지역교육은 일관된 철학과 장기적 투자 없이는 결과를 얻기 어렵다. 지금 필요한 것은 단기 사업이 아니라 제도화된 틀 속에서 지역교육혁신이 지속될 수 있도록 만드는 구조적 해법이다. 그 핵심이 바로 '교육발전특구'이다.

교육발전특구는 단순히 학교를 더 짓거나 예산을 늘리는 개념이 아니다. 지역대학, 교육청, 지방정부가 공동 주체가 되어 지역 맞춤형 교육과정, 디지털 기반 교육, 산업 연계 직업교육, 시민 참여 학습생태계를 통합적으로 구축하는 지역교육 혁신 플랫폼이다. 규제 유예, 재정운영의 탄력성, 교원 인사 자율권 등 과감한 권한 분권이 함께 부여될 때 교육발전특구는 진정한 의미의 지역 주도형 교육

혁신이 될 수 있다. 교육이 지역을 바꾸고, 지역이 교육을 키우는 선순환 구조를 만드는 것이 목표이다.

이 과정에서 지방자치단체의 역할은 무엇보다 중요하다. 교육은 더 이상 교육청만의 소관이 아니다. 교육과 정주는 하나의 체계로 다뤄져야 하며, 정주여건이 개선되지 않으면 교육정책도 성공할 수 없다. 지방정부는 아이 키우기 좋은 도시를 만들고, 청년이 머무를 수 있는 주거·문화·교통 환경을 조성하며, 지역형 일자리와 배움의 경로를 연결하는 역할을 해야 한다. 교육·보육·문화·의료가 통합된 '교육친화도시'는 지방교육혁신의 토대이다.

일부 중견도시는 이러한 통합모델을 선도적으로 시도하고 있다. 지역 교육청과 협력해 직업계고–지역산업 연계교육을 강화하고, 직업교육혁신지구 시범사업을 통해 반도체, 디스플레이, 스마트기계, 물류 등 지역특화 산업과 연계된 기술인재 양성체계를 구축하는 것이다. 여기에 더해 외국인 유학생 인턴십과 지역기업 연계 프로그램을 운영해 지역에 정착할 수 있는 기반을 마련하고, 글로벌 인재 순환체계를 실험하는 곳도 나타나고 있다. 이는 정주 여건과 교육혁신을 연계해 지역의 인재 생태계를 재구축하는 대표적 사례로 평가받는다.

또한 지역 일부 도시들은 교육 기반의 도시재생, 미래형 학습공간 조성, 주민 참여 학습행사, 디지털 시민교육 등 다양한 사업을 결합해 교육친화도시 모델을 발전시키고 있다. 이러한 기반이 확대될수록 교육발전특구의 제도 실험은 더욱 현실적인 대안이 될 수 있다. 지역산업이 반도체·모빌리티·첨단제조 등 고급 기술인력을 필요로 하는 경우, 대학·기업·지방정부가 공동으로 교육과정을 설계하고 정주 인프라를 함께 구축한다면 지역기반 '교육-고용 순환모델'이 현실화될 수 있다.

지역주도 교육혁신은 궁극적으로 유아·돌봄, 초·중등, 고등·직업교육, 평생교육까지 하나의 통합체계로 설계되어야 한다. 지방에서도 수도권 못지않게 우수한 교육이 제공될 수 있도록 공교육의 질을 근본적으로 높이고, 사교육 의존 없이도 학력 향상과 진로 개발이 가능한 신뢰 기반을 구축해야 한다.

교육발전특구가 제도화되기 위해서는 몇 가지 전제가 필요하다. 첫째, 교육발전특구 지정 및 운영을 위한 특별법 제정이다. 규제 유예, 교원 인사 자율권, 탄력적 재정운용 등 지역이 실험할 수 있는 제도적 기반을 명확히 해야 한다. 둘째, 교육재정의 지방이양 또는 지역 상황을 반영한 탄력운용을 통해 교육투자의 자율성을 확보해야 한다. 셋째, 지역형 교원양성 및 배치 시스템을 구축해 지역에서 배우고 지역에서 가르치는 순환체계를 형성해야 한다. 넷째, 고등교육 – 초중등 – 평생학습이 유기적으로 연결된 전 생애 학습생태계를 지역 단위에서 실현해야 한다.

이제 교육은 수도권 유출의 원인이 아니라, 지역에 머물고 돌아오는 이유가 되어야 한다. 지역이 교육의 주체가 되고, 교육이 지역발전의 엔진이 되는 구조적 전환이 필요하다. 교육발전특구는 그 출발점이며 새로운 지역균형발전 전략의 핵심이다. 교육 없는 균형발전은 허상이고, 균형발전 없는 교육은 지속가능하지 않다. 지방교육혁신은 학교의 변화가 아니라 지방의 미래를 다시 쓰는 일이다.

대각(大角) 도시 공동캠퍼스 전략

지방대학의 위기, 청년의 유출, 일자리 불균형, 원도심 공동화, 산업 생태계의 단절은 서로 다른 문제가 아니다. 이 모든 현상은 결국 하나의 구조적 문제에서 비롯된다. 교육·산업·도시가 따로 움직이는 지방에서는 청년이 미래를 설계할 이유를 찾기 어렵고, 기업은 사람을 찾지 못하며, 도시는 활력을 잃게 된다. 이 고리를 끊어내기 위해 필요한 것이 바로 대각-도시 공동캠퍼스 전략이다. 대학과 기업, 지자체가 '따로'가 아니라 '함께' 움직이며 도시 전체를 하나의 열린 캠퍼스로 설계하는 전략이다. 이 전략은 단순한 캠퍼스 재배치나 산학협력 강화가 아니라 지역 혁신구조 자체를 재편하는 발상의 전환이다.

'대각(大角)'은 대학(University), 기업(Corporation), 지자체

(Government)이 이루는 삼각 협력축을 뜻한다. 대학은 인재를 기르고, 기업은 기술과 일자리를 제공하며, 지자체는 공간과 정책을 설계하는 세 주체가 각각의 '큰 축(大角)'을 이루어 지역의 교육·산업·도시를 동시에 묶어내는 것이다. 여기에 '도시 공동캠퍼스'라는 개념이 결합되면 도시 전체가 교육·연구·창업·문화가 뒤섞인 거대한 네트워크형 캠퍼스로 작동하게 된다. 기존 캠퍼스가 담장을 둘러친 폐쇄적 공간이었다면, 도시 공동캠퍼스는 원도심·역세권·산단·주거지·문화공간 전체를 연결하는 살아 있는 구조이다.

이 전략이 추상적 구호가 아니라는 사실은 이미 국내외 사례가 증명하고 있다. 일본 요코하마의 '미나토미라이 21' 프로젝트는 대표적이다. 쇠퇴한 항만·공업지대를 대학·기업·문화시설·연구센터가 결합된 복합 도시캠퍼스로 재탄생시켰다. 요코하마시립대, 게이오대, 히타치·닛산 등 대기업이 함께 참여했으며, 학생과 연구자가 도시 속에서 연구·실험·창업을 수행하는 구조가 자리 잡았다. 그 결과 요코하마는 청년이 가장 많이 유입되는 일본의 대표 도시로 탈바꿈하였다. 이 모델의 핵심은 대학이 도시로 내려오고 기업이 캠퍼스로 들어가는 '상호 침투형 구조'에 있다.

미국의 '보스턴 켄달스퀘어(Kendall Square)'도 중요한 시사점을 준다. MIT를 중심으로 수백 개의 바이오·IT 기업과 연구소가 결합하며 "세계에서 1평당 혁신이 가장 많이 발생하는 곳"이라는 평가를 받는 곳이다. MIT는 연구실을 지역 기업에게 개방하고, 기업은 교육과정 설계에 참여하며, 도시정부는 실증과 창업을 위한 규제를 완화했다. 그 결과 학생은 연구와 스타트업을 동시에 경험하고, 기업은 빠르게 인재를 확보하며, 도시는 청년 친화적 혁신생태계를 갖추게 되었다. 즉, 교육·연구·산업·도시가 구분될 수 없는 하나의 구조로 작동한 것이다.

국내에서도 이러한 흐름은 이미 찾아볼 수 있다. 대구의 '혁신캠퍼스', 광주의 'AI 공동캠퍼스', 안산·시흥의 '스마트해양캠퍼스' 등 대학과 산업단지가 하나의 플랫폼을 이루어 지역 산업과 청년 정주에 성과를 내기 시작했다. 다만 국내 사례는 여전히 개별 프로젝트 중심이어서 도시 전체를 캠퍼스 네트워크로 설계하는 단계까지는 충분히 나아가지 못했다. 이제는 지역 전체를 교육·연구·창업의 복합생태계로 재구성하는 대각–도시 공동캠퍼스 전략으로 확장할 시점이다.

이 전략이 성공하려면 무엇보다 대학과 기업을 어떻게 실질적 참여자로 끌어들이느냐가 핵심이다. 가장 중요한 출발점은 교육과정을 대학 혼자 만드는 것이 아니라 기업과 공동 설계하는 구조이다. 단과대학마다 기업 파트너를 지정해 '공동 학부제'를 운영하고, 기업의 R&D 인력과 대학의 교수진이 함께 커리큘럼을 구성하도록 해야 한다. 연구실·실험실·캡스톤 프로젝트는 기업의 실제 문제 해결과 연동시키고, 학생들이 졸업 전에 기업 현장에서 최소 1년 이상 연구·탐색·프로토타이핑을 경험하도록 제도를 고도화할 필요가 있다.

둘째, 기업이 캠퍼스 안으로 들어오게 해야 한다. 이는 단순한 산학협력센터 입주가 아니라 기업 R&D팀이 대학과 원도심·역세권·산단에 동시에 자리 잡는 구조이다. 대학과 기업이 '공동 실험실', '공동 테스트베드', '공동 인큐베이터'를 공유하면 산업 흐름에 맞춰 교육이 바뀌고, 교육의 변화가 다시 산업에 영향을 미치는 선순환이 생긴다. 지자체는 세제지원·입지규제 완화·공간 리모델링 지원을 통해 기업이 도시 공동캠퍼스 곳곳에 자연스럽게 자리 잡도록 해야 한다.

셋째, 대학이 도시로 나오는 구조가 필요하다. 캠퍼스를 원도심·역세권·산단 등 도시의 핵심 공간에 분산 배치하고, 강의·연구·창업 프로그램을 도시 곳곳에서 운영하는 '개방형 캠퍼스'를 구축해야 한다. 예컨대 원도심에는 문화예술대학원과 창업스튜디오를, 역세권에는 디지털·AI 융합캠퍼스를, 산업단지에는 공학·배터리·반도체 실습센터를 배치해 도시 전체가 하나의 거대한 학습 네트워크로 작동하도록 해야 한다.

마지막으로, 지자체는 도시 공동캠퍼스를 '공간정책'이 아니라 '미래전략'으로 인식해야 한다. 청년주택·공공기숙사·역세권 개발·문화지구 조성·BRT·전철망 확충을 캠퍼스 네트워크와 일체화해 '정주 - 교육 - 일자리 - 문화'가 유기적으로 얽히는 구조를 만들어야 한다. 도시의 모든 인프라가 청년을 중심에 두고 재편될 때, 기업과 대학은 자연스럽게 이 생태계 속에서 자신들의 역할을 찾게 된다.

천안은 이 전략을 실현하기 가장 좋은 조건을 갖춘 도시이다. 수도권과 충청권을 잇는 교통 요충지이며, 삼성전자·SDI·현대모비스 등 첨단 제조업과 대규모 산업단지가 인접해 있다. 다수의 대학이 밀집해 있고, 원도심·역세권·산단이 단일 생활권 안에 존재해 공동캠퍼스를 설계하기에 최적의 환경을 가진 도시가 천안이다. 천안역과 천안아산역 일대는 청년정주 중심축이 될 수 있고, 산업단지는 실험·연구·실습이 이루어지는 산학융합 캠퍼스로, 성환·직산 일대는 ESG·그린산업 실증캠퍼스로 재편할 수 있다. 도시 전체가 청년의 배움과 일, 삶을 담아내는 하나의 거대한 플랫폼이 되는 것이다.

결국 대각-도시 공동캠퍼스 전략은 새로운 공간정책도, 대학혁신도, 산업정책도 아니다. 이 전략은 지방에서 청년이 살아갈 미래를 통째로 다시 설계하는 일이다. 교육을 지역의 자산으로 되살리고, 기업의 혁신을 도시의 성장동력으로 만들며, 도시공간을 청년의 삶과 창업·문화가 순환하는 플랫폼으로 재편하는 종합 전략이다. 지방이 이런 구조를 갖춘다면 청년은 떠나지 않는다. 오히려 돌아오고 모여든다. 지방의 미래는 결국 청년의 선택에 달려 있다. 그 선택을 바꾸는 힘, 그것이 바로 대각-도시 공동캠퍼스 전략이다.

제3부

미래산업시대
지방의 경제전략

다극형 국가균형발전 전략

　한국의 국가균형발전 논의는 오랫동안 '수도권 대 지방'이라는 이분법적 구도 속에서 진행돼 왔다. 수도권은 과밀로 과부하가 걸리고 지방은 공동화가 심해지자, 정책은 자연스럽게 수도권을 억제하고 지방을 지원하는 방식으로 짜였다. 공공기관 이전, 혁신도시 조성, SOC 투자 등이 그 예이다. 그러나 결과는 기대와 달랐다. 수도권 집중은 더 강해졌고, 지방의 소멸위험 지역은 오히려 늘어났다. 지방 내부에서도 광역시와 중소도시, 농산어촌 간 격차가 더 커지고 있다. 수도권은 거대한 자석처럼 인구와 자본, 인재를 끌어당기고, 지방은 새어나가는 흐름을 막지 못하는 구조가 고착되고 있다. 이제는 "수도권을 눌러 지방을 키우는 방식"만으로는 균형발전 문제를 설명할 수 없다는 사실이 분명해졌다.

이제 필요한 것은 시각의 전환이다. 국가를 수도권과 지방이라는 두 덩어리로 나누어 보는 관점에서 벗어나, 여러 개의 중추축이 서로 연결된 '다극형 국가'라는 틀로 바꿔야 한다. 유럽이 1990년대부터 폴리센트릭(다핵) 개발 전략을 강조한 이유도 여기에 있다. 한 거대 수도권에 기능이 몰린 나라보다 여러 개의 중핵도시가 네트워크를 이루는 나라가 고용, 혁신, 삶의 질 측면에서 더 안정적이라는 것은 주지의 사실이다. 우리 국책연구기관들도 최근 보고서에서 "수도권과 지방의 대립 구도에서 벗어나, 수도권을 포함한 다핵 분산형 국토 구조로 전환해야 한다"고 강조하고 있다.

다극형 국가는 단순히 수도권 외에 대도시를 더 키우는 개념이 아니다. 국토 전체를 몇 개의 광역 생활·경제권으로 나누고 각 권역에 고유한 역할과 산업, 인재·생활 기능을 배치한 뒤, 고속철도·광역철도·도로·디지털망으로 촘촘히 연결하는 구조이다. 수도권은 금융·본사·글로벌 비즈니스의 허브, 충청권은 세종의 행정 기능과 대전의 과학·R&D, 천안·아산·청주의 미래산업 기반을 연계한 행정·과학·제조혁신 축, 영남권은 자동차·조선·철강에 2차전지·수소·로봇 산업을 더한 제조·수출 축, 호남권은 재생에너지·AI·농생명 산업축, 강원권은 자연환경

기반의 바이오·그린산업 축을 담당하는 그림이다. 핵심은 이 권역들이 서로 경쟁만 하는 것이 아니라 산업과 인재, 생활권을 매개로 유기적 네트워크를 만드는 데 있다.

최근의 초광역권·메가시티 전략과 국가첨단산업벨트 정책은 이런 구상을 현실화하려는 시도이다. 부울경, 대구·경북, 광주·전남, 충청권 등에서 진행되는 메가시티 논의는 행정 경계를 넘어 하나의 광역 경제·생활권을 만들겠다는 실험이며, 이는 "각 도가 따로 생존하는 지방정책"이 아니라 "국가 차원에서 여러 개의 중추축을 세우는 국토 전략"으로 읽어야 한다. 수도권과 경쟁하는 '제2의 수도권'을 만드는 것이 아니라, 국토 전반의 구조를 다핵형으로 재편하는 접근이다.

국가첨단산업벨트 전략은 이 다극 구조에 산업이라는 뼈대를 세우는 작업이다. 반도체·디스플레이·2차전지·바이오·미래차·로봇 등 6대 첨단산업을 특정 지역에만 집중시키지 않고, 전국 주요 권역에 국가산단과 특화단지를 분산 배치하되, 이들을 하나의 국가적 벨트로 엮는 구상이다. 이 전략이 성공하려면 어느 한 권역만 과도하게 비대해지는 것이 아니라, 각 권역이 자신의 강점을 가진 첨단산업 거점을 확보하고 서로 연계해야 한다.

다극형 국가 전략이 중요한 이유는 이미 진행 중인 변화들에 '일관된 질서와 목적'을 부여하는 작업이기 때문이다. 교통망 확충, 국가산단 지정, 메가시티 전략 등이 별개로 움직이면 수도권 집중은 그대로이고 지방은 특정 거점만 비대해질 위험이 있다. 그러나 이 모든 정책을 "어떤 권역에 어떤 기능을 배치하고, 권역 간 어떻게 연결할 것인가"라는 기준으로 통합하면 국토 구조 전체를 다시 설계할 수 있다. 다극형 국가는 바로 그 설계도의 이름이다.

물론 필요한 과제도 많다. 초광역 단위의 거버넌스가 제대로 작동해야 하고, 중앙–지방 간 권한과 책임도 재정비해야 한다. 산업·교통·교육·인재 정책이 부처별 논리로 따로 움직이는 관행도 바뀌어야 한다. 무엇보다 국토를 바라보는 시각 자체가 달라져야 한다. 지방을 '수도권에 밀려난 주변부'가 아니라, 국가 전체를 지탱하는 핵심 축으로 인식해야 한다. 여러 개의 중추권과 그 사이를 잇는 중소도시·농산어촌이 촘촘한 네트워크를 이루는 구조가 결국 위기에도 강하고, 미래에도 지속 가능한 국가 모델이다.

"지방의 경쟁력이 국가경쟁력이다"라는 말은 이제 단순한 구호가 아니라 국토 설계의 원칙이다. 수도권과 지방이라는 대립 구도를 넘어서, 수도권·충청·영남·호남·강원이 각자의 역할을 가진 다극형 국가로 나아가야 한다. 미래모빌리티 국가산단, 국가첨단산업벨트, 메가시티 전략은 그 다극 구조를 실현하기 위한 구체적 도구들이다. 앞으로 남은 과제는 이 도구들을 어떻게 조합해 대한민국의 국토 구조를 새롭게 디자인할 것인가이다. 이 설계에 성공한다면 지방은 소멸위기를 벗어나고, 수도권도 과밀에서 자유로워지며, 대한민국 전체의 미래도 한층 더 견고해질 것이다.

미래산업의 지형과 충청권의 역할

– 천안을 중심으로 본 새로운 산업지도

　세계는 지금 산업·기술을 중심으로 새로운 질서를 만들어가고 있다. 미국과 중국의 기술패권 경쟁은 공급망을 재편하고 있고, 유럽은 자국 산업을 지키기 위해 보조금을 아끼지 않는다. 반도체와 2차전지, 인공지능, 바이오, 에너지 전환 산업은 굳이 국가전략이라는 표현을 쓰지 않아도 이미 국가의 미래와 직결된 존재가 되었다. 앞으로 10년, 어떤 지역이 이 산업의 축을 선점하느냐에 따라 국가의 경쟁력뿐 아니라 도시의 생존 여부도 달라질 것이라는 전망까지 나오는 이유이다.

　한국도 이 변화의 중심에 서 있다. 반도체·배터리·디스플레이·자동차·바이오 등은 세계가 인정하는 한국의 강점 산업이지만, 혁신의 속도를 유지하지 못하면 금세 추격을 당할 수밖에 없는 구조이기도 하다. 뒤처지지 않기 위해서는 미래산업의 전체 흐름을 다시 설계해야 하고, 산업·기술·인재·도시가 하나의 생태계 안에서 움직일 수 있는 체계가 필요하다.

충청권은 대한민국 산업지도에서 매우 독특한 위치를 차지한다. 수도권과 영남권 사이에 놓인 지리적 이점은 단순한 교통의 이점이 아니라, 산업 흐름을 잇는 거대한 축 역할을 한다. 대전의 대덕연구단지와 세종의 국가 데이터·행정 기능, 천안·아산·청주의 첨단 제조 기반은 대한민국 어느 지역에서도 찾아보기 어려운 조합이다. 기초과학과 공공 R&D, 디지털 행정과 정밀 산업기술, 첨단 제조와 실증·양산 기능이 한 축 안에서 결합될 수 있는 지역은 충청권이 거의 유일하다. 이 강점을 미래산업의 지형과 연결해보면, 충청권은 단순한 지방경제권이 아니라 국가 경쟁력을 떠받치는 핵심 축으로 재해석될 수 있다.

이 가운데 천안은 충청권 산업지도의 가장 중요한 고리로 떠오르고 있다. 천안은 전통적 제조도시이면서 동시에 수도권과 충청권을 이어주는 관문도시이다. 경부선.호남선.장항선 등 국가철도와 KTX, 수도권 전철이 연결되고, 경부고속도로, 세종-포천 고속도로가 교차하는 교통·물류의 중심지라는 점은 산업의 접근성을 극대화한다. 여기에 산업단지 규모, 제조업 인력풀, 지역대학의 다양성까지 고려하면 천안은 미래산업의 다양성을 수용하기 좋은 토대를 이미 갖추고 있다. 산업별로 들여다보면 그 의미는 더욱 분명해진다.

천안·아산 벨트는 오랫동안 디스플레이·전자·자동차 부품 같은 전통 제조업 분야에서 한국 제조업의 중요한 역할을 담당해 왔다. 그러나 산업이 빠르게 전환되는 지금, 이 기반은 새로운 산업으로 옮겨갈 수 있는 귀중한 자산이 된다. 이차전지 소재·부품 산업은 그 대표적인 사례다. 배터리 산업의 꽃이 셀 제조라고 생각하는 경우가 많지만, 실제로 산업의 기반과 경쟁력을 좌우하는 분야는 소재·부품·장비이다. 천안은 이미 수십 년간 정밀 제조와 소재기업이 축적한 기술력을 기반으로 배터리 소재·부품 분야에서 자연스럽게 확장할 수 있는 구조를 가지고 있다. 대규모 부지, 공정 자동화 경험, 전자·화학 분야의 숙련 인력, 인근 아산·평택과 이어지는 산업벨트는 천안이 배터리 소재·부품 클러스터로 성장하는 데 매우 중요한 조건이다.

미래 모빌리티 산업에서도 천안은 잠재력을 갖고 있다. 기존 자동차 부품기업들이 단순 금속 가공이나 조립 중심에서 벗어나 전동화·지능화·센서·제어 시스템 분야로 전환할 수 있는 기반이 이미 마련되어 있다. 자동차 산업의 패러다임이 바뀌는 과정에서 기존 부품기업들은 새로운 기술을 받아들이는 데 상당한 어려움을 겪는다. 이때 지역 대학과 연구기관, 기업 간 협력이 이루어지면 기술 전환의 충격을 줄이고 산업 기반을 유지할 수 있다. 천안은 이 과정을 뒷받침할 대학교와 기술 인프라가 밀집해 있어 지역 내 전동화 생태계를 만드는 데 매우 유리하다.

바이오·헬스케어 분야 역시 천안이 장기적으로 성장할 가능성이 있는 분야다. 천안은 수도권의 생명 클러스터에서 멀지 않지만, 동시에 제조 기반을 갖고 있어 의료기기·헬스케어 디바이스·웰니스 산업을 발전시키는 데 적합한 환경을 제공한다. 바이오 의약품 제조는 청주·오창이 이미 선점했기 때문에 천안은 그보다는 의료기기, 디지털 헬스, 재활·정밀의료기기 제조 같은 분야에 집중하는 것이 훨씬 현실적이고 전략적이다.

여기에 디지털·AI 기반 산업을 결합하면 천안의 산업 지형은 한 단계 더 확장된다. 디지털 기술은 모든 산업의 뼈대가 되고 있다. AI와 데이터 기술은 제조 자동화, 품질 관리, 생산 효율화, 스마트 물류 등에서 이미 필수 요소가 되었다. 천안은 수도권과의 거리, 대학의 IT 전공 인력, 제조업 기반을 고려하면 AI 실증과 디지털 제조혁신을 도시 전체로 확장할 수 있는 여건이 좋다. 충남 테크노파크와 지역대학의 AI·소프트웨어 교육이 산업 현장과 긴밀히 연결되면, 천안은 제조업 중심 도시에서 디지털 제조혁신 도시로 전환할 수 있는 잠재력을 확보하게 된다.

충청권 전체로 시선을 넓히면 산업 생태계는 한층 더 입체적으로 보인다. 대전의 기초과학과 대덕연구단지는 충청권 혁신의 연구 기반이 될 수 있고, 세종의 데이터·공공기관 기능은 행정과 정책 실증을 가능하게 하는 플랫폼 역할을 한다. 청주·오창의 반도체·바이오 산업은 천안의 제조·첨단산업 기반과 상호보완적 관계를 형성하며, 충북혁신도시의 에너지·정보통신 분야는 산업 간 융합을 촉진하는 역할을 할 수 있다.충청권은 도시 간 산업이 유기적으로 이어지고 확장될 수 있는 생태적 기반이 잘 마련된 지역이다.

다만 이런 잠재력이 현실이 되기 위해서는 몇 가지 중요한 조건이 필요하다. 산업과 연구기관, 대학과 기업이 지역 안에서 연결되는 구조가 견고해야 하고, 젊은 인재가 지역에 머물고 싶어지는 생활환경이 뒷받침되어야 한다. 기업이 지역에서 연구와 실증을 병행할 수 있도록 규제와 제도가 유연해야 하며, 지방정부가 중앙정부 사업의 집행 창구를 넘어 산업전략의 설계자로 역할을 바꿔야 한다. 특히 산업과 도시정책이 따로 움직이는 방식으로는 미래산업을 수용할 수 없다. 산업이 들어오면 교통·주거·교육·문화·환경이 함께 따라와야 하고, 이 흐름이 자연스럽게 이어질 때 지역은 진정한 의미의 혁신거점이 된다.

미래산업의 시대는 지역의 시대이다. 전통적 산업지도가 흔들리는 지금, 충청권은 새로운 성장축으로 부상할 기회를 맞고 있다. 특히 천안은 그 변화의 최전선에 서 있다. 미래산업의 흐름을 선제적으로 읽고 충청권 전체와 유기적으로 연결하며 산업과 도시 구조를 함께 설계해 나간다면, 천안은 수도권 일극체제를 넘어서는 새로운 국가 산업축으로 도약할 수 있다.

미래는 하루아침에 만들어지지 않지만, 방향을 제대로

잡으면 변화는 반드시 온다. 충청권의 산업 경쟁력과 지리적 이점, 인재와 연구 역량을 하나로 묶어낸다면 대한민국의 산업지도는 전혀 다른 모습으로 재편될 것이다. 그리고 그 중심에는 천안이 설 자리가 충분하다. 미래산업의 시대는 누가 만들어주는 구조가 아니라 지역이 스스로 설계하는 구조이다. 충청권이 그 설계를 먼저 시작할 때, 대한민국은 새로운 성장의 길을 열게 될 것이다.

충청권 메가시티의 중핵도시 천안

　대한민국은 수도권 집중과 지방소멸이라는 두 가지 구조적 위기를 동시에 마주하고 있다. 인구, 산업, 교육, 행정 기능이 서울과 수도권으로 몰리면서 지방은 활력을 잃어가고, 지역 간 격차는 점점 더 고착되고 있다. 이 문제를 해결하지 않고서는 국가 전체의 균형성과 지속가능성을 담보하기 어렵다.

　이러한 문제의식 속에서 등장한 것이 바로 '메가시티 전략'이다. 이는 인접한 시·도들이 산업·교통·생활 인프라를 통합해 하나의 초광역 경제·생활권을 구축함으로써, 수도권에 대응할 수 있는 새로운 성장축을 만드는 전략이다. 단순한 도시 간 협력을 넘어 인구 500만 명 이상의 광역경제권을 형성하는 것이 목표이며, 궁극적으로는

수도권 일극 체제를 다극 체제로 전환하려는 국가적 시도
이다.

　정부는 2021년 초광역협력 전략을 발표하며 전국 권역
에 메가시티 구상을 제시했고, 그 과정에서 부울경 · 대구
경북 · 광주전남 · 충청권 등이 앞다투어 협력모델을 추진
했다. 하지만 부울경은 특별연합 출범 이후 재정 · 정치적
갈등으로 사실상 중단되었고, 대구경북도 행정통합 주민투
표 부결로 협력형 모델로 선회했다. 반면 충청권은 비교적
안정된 협의체 운영을 바탕으로 2024년 12월 전국 최초의
특별지방자치단체인 '충청광역연합'을 출범시키며 메가시
티 실현의 첫발을 내디뎠다.

　충청권은 대한민국의 중심부에 위치해 수도권과 가까
우면서도 독자적인 생활 · 산업권을 형성할 수 있는 최적의
조건을 갖추고 있다. 대전은 대덕연구단지 기반의 과학기
술도시이며, 세종은 행정수도로서 정부 부처와 공공기관이
밀집해 있다. 충북은 청주 · 오송을 중심으로 바이오 · 헬스
산업이 발달했고, 충남은 첨단 제조업과 정유 · 철강 산업
이 균형을 이루고 있다. 여기에 수도권 전철, KTX, 광역
도로망이 유기적으로 연결되면서 충청권 내부의 통근 · 통

학·생활권이 이미 상당 부분 광역화되어 있다. 이는 충청권이 메가시티로 발전하기 위한 가장 확실한 기반이다.

충청권 메가시티의 가치는 단순한 규모의 확대가 아니라 기능적 통합에 있다. 행정·과학·바이오·제조 산업이라는 각 도시의 핵심 역량이 연결될 때 비로소 수도권에 대응하는 새로운 국가 성장축을 형성할 수 있다. 행정중심복합도시 세종, 대덕연구개발특구, 오송·오창 바이오클러스터, 충남 북부의 첨단 제조업 벨트가 하나의 구조로 연결되면 수도권 과밀 기능을 장기적으로 분산시키는 효과도 커진다. 또한 충청권은 지리적으로 경기 남부·강원 남부·전북 북부 등과도 확장 협력이 가능한 중부권 광역축의 중심이 될 수 있다.

현재 추진 중인 충청권 메가시티 전략은 산업경제·광역인프라·사회문화의 세 분야로 구성되며, 9대 전략과 30대 핵심사업을 중심으로 추진되고 있다. 산업 분야에서는 바이오·헬스, 미래 모빌리티, 첨단소재 등 신산업 생태계 구축이 핵심이며, 인프라 분야에서는 광역철도망, KTX 연계망, 도심항공교통(UAM) 등 차세대 교통체계가 중심이 된다. 문화·정주 분야에서는 청년 정주환경 개선, 역사문화

관광벨트 구축 등 지역 매력도를 높이는 프로젝트가 포함되어 있다. 핵심은 도시들이 역할을 나누고 산업과 인프라를 연계해 충청권 전체의 경쟁력을 키워가는 데 있다.

이 전략 속에서 천안은 충청권 북부의 관문이자 산업·교통·인구 측면에서 중핵도시로 도약할 잠재력이 가장 높은 도시 중 하나이다. 인구 규모, 지리적 위치, 수도권 접근성, 교통망, 산업구조 등 모든 요소가 충청권의 허브로서 기능하기에 적합하다. 수도권 전철과 KTX가 관통하는 교통 중심지이자 반도체·디스플레이·자동차부품 등 첨단 제조업이 집적된 산업도시라는 점은 천안을 충청권 성장축의 핵심으로 만든다. 향후 조성될 미래모빌리티 국가산업단지와 기존 산업벨트가 맞물리면 천안은 중부권 첨단산업의 중심으로 거듭날 수 있다.

천안이 중핵도시로 도약하기 위해서는 산업고도화와 인재 확보 전략을 동시에 추진해야 한다. 반도체·미래차·이차전지 등 혁신산업 중심으로 산업구조를 고도화하고, R&D센터 유치와 산학협력을 강화해 기술혁신 생태계를 완성해야 한다. KTX역세권 개발을 활용해 R&D 집적지구를 조성하고 스타트업 육성 플랫폼을 확대하면 새로운 성장동력도 확보할 수 있다. 또한 광역철도 확충, GTX-C 연장 추진 등을 통해 수도권 및 충청권 내 접근성을 높여야 하며, 교통·물류 허브로서의 역할을 강화해 광역경제권의 중심축으로 자리 잡을 필요가 있다.

청년과 인재가 머무는 도시로의 전환도 중요하다. 지역 대학과 산업계의 연계를 강화하고, 청년주택·창업지원·문화 인프라 확충을 통해 매력적인 정주환경을 조성해야 한다. 천안은 역사·문화자원이 풍부하다는 점에서도 잠재력이 크다. 이를 활용한 도시브랜딩과 문화복합시설 개발은 도시 경쟁력을 높이고 청년층의 유입을 유도하는 데 중요한 역할을 할 것이다.

물론 메가시티 전략이 순탄하게 진행되는 것은 아니다. 지자체 간 예산 분담, 기능 배분, 대표사업 유치 경쟁 등 이해관계 충돌이 발생할 수 있으며, 단체장 교체에 따른 정책 연속성 부족과 주민 공감대 부족도 현실적인 장애 요인이다. 이를 극복하기 위해 광역연합의 의사결정 권한을 강화하고 전문가 중심의 사무국을 구축해 정책기획 기능을 내실화해야 한다. 중앙정부 역시 특별지자체에 대한 재정·제도 특례를 확대해 추진동력을 확보할 필요가 있다.

충청권 메가시티는 지방소멸 위기와 수도권 일극 체제를 극복하기 위한 국가적 전략이다. 충청권이 성공적으로 메가시티로 자리 잡으면 대한민국은 수도권과 충청권을 양축으로 하는 자립적 성장체계를 구축할 수 있다. 천안은 이 구조 속에서 교통, 산업, 인구, 문화의 중심축으로 도약할 수 있는 최적의 조건을 지니고 있다. 충청권 메가시티의 중핵도시로서 천안이 국가균형발전의 새로운 동력을 만들어가는 모습이 머지않아 현실이 될 것이다.

대전·충남 통합,
국가전략 없는 속도전의 위험

　수도권 과밀을 완화하고 국가균형발전을 이루기 위해 행정구역 개편이 필요하다는 점에는 큰 이견이 없다. 대한민국의 성장 구조가 더 이상 수도권 일극 체제로 지속 가능하지 않다는 사실은 이미 수많은 통계와 현실이 증명하고 있다. 초광역 단위의 행정통합 논의가 다시 공론의 장에 오른 것 자체는 늦었지만 의미 있는 변화이다.

　이장우 대전시장과 김태흠 충남지사가 대전·충남 통합에 합의하고, 국민의힘이 통합 특별법안을 발의한 것도 이러한 문제의식의 연장선에 있다. 한동안 신중한 태도를 유지하던 정부·여당이 입장을 바꿔 2~3월 중 특별법 국회 통과를 공언하며 속도를 내는 모습 또한 적지 않은 정치적 결단을 보여준다. 그러나 지금 중요한 것은 속도가 아니라 방향이고, 명분이 아니라 내용이다.

　지금의 대전·충남 통합이 과연 국가균형발전을 위한 장기적 구조 개편의 일부인지, 아니면 정치 일정에 반응한 단기적 선택인지는 여전히 분명하지 않다. 이 불확실성 자체가 행정구역 통합의 정당성과 완결성에 대한 신뢰를 약화시키고 있다.

　국가균형발전을 목표로 한다면 대전·충남 통합만으로는 명백히 부족하다. 수도권 일극 체제를 완화하려면 충청권 하나만 움직여서는 안 된다. 대구·경북, 광주·전남, 울산·경남 등 전국 단위의 초광역 통합이 동시에 추진되는 큰 설계도가 전제되어야 한다. 균형발전은 상대적 개념이다. 한 지역만 먼저 통합해 '특별시'가 되고, 다른 지역은 기존 체제에 머무르는 방식은 균형이 아니라 또 다른 불균형을 낳을 가능성이 크다. 초광역 통합은 시범사업이 아니라 국가 구조 자체를 바꾸는 문제이기 때문이다.

　더 근본적인 문제는 통합 이후의 실질이다. 특별시를 만들고 서울특별시 수준의 특례를 부여하겠다고 하지만, 그 내용은 아직 구체화되지 않았다. 권한과 기능, 재정 이

양에 대한 치밀한 설계 없이 명칭과 지위만 바꾸는 방식이라면, 이는 행정체계 개편이 아니라 포장 변경에 불과하다.

국가균형발전의 핵심은 행정구역의 크기가 아니라 권력의 배분이다. 초광역 통합은 반드시 중앙정부 기능의 대규모 지방 이양, 국세의 지방 이전, 재정 자율권 확대와 함께 가야 한다. 중앙집권적 의존 구조를 그대로 둔 채 행정구역만 키우는 것은, 모양만 커졌을 뿐 내용은 변하지 않는 '중앙집중형 광역화'에 지나지 않는다.

절차적 정당성의 결여 역시 심각한 문제다. 대전·충남 통합 논의는 지역 주민의 충분한 정보 접근과 공론화, 숙의 과정을 거쳤다고 보기 어렵다. 통합의 효과와 비용, 이익과 위험에 대해 주민들이 판단할 기회는 거의 주어지지 않았다. 관계부처 협의와 중앙·지방 간 권한 조정 역시 아직 진행 중이거나 미완의 상태이다.

40년 가까이 분리 운영돼 온 두 광역자치단체를 통합하는 일은 단순한 행정 조정이 아니라, 행정서비스 체계와 재정 구조, 지역 정체성까지 아우르는 구조적 전환이다.

이런 결정을 공론화와 주민 동의 없이 밀어붙인다면, 통합 이후의 갈등과 혼란은 불 보듯 뻔하다. 지금의 추진 방식은 바늘허리에 실을 동여매고 옷을 지으려는 것과 다르지 않다. 완성도를 기대하기 어렵고, 실패의 비용은 결국 지역 주민이 떠안게 된다.

시기 또한 부적절하다. 지방선거를 불과 몇 달 앞둔 시점에서 행정통합이 급박하게 추진되는 모습은 불필요한 정치적 해석을 불러온다. 국가의 공간 구조를 바꾸는 문제는 선거 국면과 분리해 국가 전략의 차원에서 다뤄져야 한다.

행정통합은 준비 없이는 성공할 수 없다. 주민 동의 절차, 행정·재정 통합을 위한 제도 정비, 조직과 인사 체계 개편에는 최소 수년의 준비 기간이 필요하다. 현실적인 대안은 대전·충남 통합 특별법을 통과시키되, 최소 2년, 바람직하게는 4년의 유예 기간을 두는 것이다. 이번 지방선거에서는 현행 체제대로 대전시장과 충남지사를 선출하고, 충분한 준비와 합의를 거친 뒤 다음 지방선거에서 통합 단체장을 선출해 통합을 완성하는 방식이 가장 안정적이다.

그 유예 기간 동안 대구·경북, 광주·전남, 울산·경남 통합을 병행 추진하고, 초광역 체제에 걸맞은 권한 이양과 재정 분권을 제도화해야 한다. 그래야 행정구역 개편이 진정한 국가균형발전으로 이어질 수 있다.

국가균형발전은 정치적 구호나 선거 전략이 아니다. 중앙권한의 실질적 지방 이양 없이 추진되는 행정통합은 성공하기 어렵다. 졸속 추진은 균형발전을 앞당기기보다 오히려 그 신뢰를 소진시킨다. 지금 필요한 것은 속도가 아니라 설계의 깊이다. 대전·충남 통합이 진정한 국가균형발전의 출발점이 되려면, 정치공학이 아니라 국가전략의 언어로 이 문제를 다뤄야 한다.

반도체·배터리·미래차 산업의
글로벌 경쟁력

　　반도체·배터리·미래차가 이끄는 새로운 산업질서는 세계 경제의 중심을 빠르게 바꿔놓고 있다. 반도체는 인공지능과 디지털 전환의 핵심 인프라가 되었고, 배터리는 전기차와 에너지 전환의 필수 기술로 자리 잡았다. 미래차 산업은 도시의 교통과 생활방식을 근본적으로 바꿔놓는 새로운 플랫폼 산업으로 성장하고 있다. 이 세 산업은 어느 나라든 피할 수 없는 경쟁이며, 기술과 공급망, 국가안보가 한데 얽힌 복합적인 전쟁이다. 한국도 이 흐름의 중심에 서 있지만, 기회와 위험이 동시에 커지고 있어 새롭고 정교한 전략이 필요하다.

　　이런 변화 속에서 충청권의 위치는 더욱 중요해지고 있다. 충청권은 대한민국 어느 지역에서도 보기 어려운 '제조 – 기술 – 연구 – 행정’ 기능이 하나로 결합된 구조를 갖추고 있다. 대전의 대덕연구단지에는 국내 연구기관의 상당수가 모여 있고, 세종은 국가 데이터와 행정 기능을 담당한다. 천안·아산·청주에는 반도체, 디스플레이, 이차전지, 자동차부품, 기계·전자 산업이 밀집해 있다. 첨단 제조, 연구개발, 행정·데이터의 축이 지리적으로 한데 모여 있으니, 미래산업의 가치사슬을 지역 안에서 통합적으로 구현할 수 있는 거의 유일한 공간이 충청권이다. 산업 패러다임이 복잡해질수록 이런 지역 구조는 더 큰 경쟁력을 갖는다.

충청권 산업지도의 중심축은 천안이다. 천안은 제조와 연구, 인재와 교통, 생활환경까지 균형 있게 갖춘 도시다. 수도권 전철과 KTX가 연결되고, 경부축과 장항선이 교차하는 교통 중심지이기 때문에 인력 이동과 물류의 접근성이 뛰어나다. 산업단지 안팎으로 전자·기계·정밀 분야의 기업이 넓게 분포해 있고, 지역 대학이 풍부해 인재 공급 구조도 안정되어 있다. 이런 조건은 반도체·배터리·미래차 산업의 특성과 자연스럽게 맞물린다.

반도체 산업을 보면, 천안은 청주·오창의 반도체 생산

능력, 아산의 디스플레이 생산기반, 평택·이천의 메모리 생산라인을 연결하는 핵심 고리다. 반도체는 제조공정뿐 아니라 장비·소재·부품 생태계가 중요하기 때문에, 천안처럼 다양한 제조 기반이 모여 있는 지역은 가치사슬 전체의 허브 역할을 할 수 있다. 배터리 산업에서도 천안의 위치는 전략적이다. 배터리 산업은 셀 제조 못지않게 소재·부품·장비 경쟁이 치열한데, 천안은 전자·정밀 제조 기업이 축적해온 기술력을 활용해 이 흐름에 자연스럽게 뛰어들 수 있는 기반을 갖고 있다. 아산·평택·청주와의 접근성은 배터리 기업의 공급망 구축에도 유리하다.

미래차 산업에서도 천안은 충분한 잠재력을 지니고 있다. 기존 내연기관 부품기업과 기계·전자 기업이 많아 전동화·지능화 전환에 필요한 기반이 이미 존재한다. 대학의 공학 교육, 지역 제조업의 숙련 인력, AI·센서 기술의 적용 가능성까지 고려하면, 천안은 중견도시 중에서도 전기차·모빌리티 산업으로의 전환이 가장 현실적인 도시 중 하나이다.

이처럼 반도체·배터리·미래차 산업은 대기업 본사나 수도권 연구소보다, 실제 공장이 자리하고 인프라가 갖춰진 지역에서 경쟁력이 좌우된다. 평택·이천·청주·용인의 반도체 생산, 오창·울산·포항·군산의 배터리 생산, 울산·광주·화성의 자동차 산업은 모두 지방에서 이루어진다. 산업경쟁력은 결국 지역의 전력·물류·정주환경·교육·인재·도시계획이 얼마나 안정적으로 뒷받침되느냐에 따라 달라진다. 기술이 아무리 뛰어나도 산업을 담아낼 도시가 뒷받침되지 않으면 경쟁력은 무너질 수밖에 없다.

그래서 반도체·배터리·미래차 산업의 세계 경쟁력은 충청권과 천안의 전략과 직접 연결된다. 충청권의 연구 역량과 제조 기반, 세종의 데이터·행정 기능을 하나의 구조로 묶어내면, 미래산업의 복잡한 가치사슬을 지역 안에서 완결할 수 있다. 천안은 이 구조의 중심축이자 산업과 도시가 동시에 성장할 수 있는 가장 유력한 후보지이다. 인재가 머무르고 기업이 실증할 수 있는 도시, 연구·생산·생활환경이 하나의 생태계로 맞물린 도시만이 미래산업의 중심이 될 수 있다.

결국 미래산업은 기술경쟁이면서 동시에 '공간경쟁'이다. 어느 지역이 반도체 공장의 전력을 안정적으로 공급할 수 있는지, 어느 도시가 배터리·미래차 기술 인재를 유치할 수 있는지, 삶의 질이 좋은 지역이 어디인지에 따라 산업의 위치가 달라지고 국가의 미래가 달라진다. 수도권만으로는 한국의 산업을 지탱할 수 없고, 지방이 흔들리면 국가경쟁력도 흔들린다. 충청권은 이 구조를 바꿀 수 있는 몇 안 되는 지역이며, 그 중심에 천안이 있다.

산업의 무게중심이 수도권에서 지방으로 이동하는 것이 아니라, 원래 지방에 있던 핵심 생산·기술기반이 이제 국가전략의 중심으로 인정받아야 하는 시점이 온 것이다. 충청권이 가진 연구·제조·행정의 조합은 앞으로의 대한민국 경쟁력을 좌우할 수 있는 전략적 자산이다. 그리고 그 자산을 실현 가능한 미래로 바꾸는 역할은 천안과 같은 중핵 도시가 맡게 될 것이다. 미래산업의 시대는 결국 지역이 국가경쟁력을 결정하는 시대이며, 지역의 힘이 곧 나라의 힘이 되는 시대이다.

바이오·헬스·로봇·우주산업의 미래

　세계 경제가 기술 중심으로 재편되면서 미래 먹거리를 결정하는 산업의 풍경도 빠르게 변하고 있다. 제조업 중심의 성장 방식이 한계에 이르자, 바이오 · 헬스 · 로봇 · 우주 산업은 더 이상 '차세대 산업'에 머물지 않고 국가의 생존 전략이자 미래 경쟁력을 가르는 핵심 분야로 자리 잡았다. 이들 산업은 서로 다른 분야처럼 보이지만, 인공지능(AI), 데이터, 첨단 소재, 정밀 제조라는 공통 기반 위에서 연결되며 하나의 기술 생태계를 이루고 있다. 앞으로의 경쟁은 특정 산업의 성과가 아니라, 이러한 통합 생태계의 완성도에서 판가름 날 가능성이 크다.

　바이오 산업은 특히 급속히 성장하는 분야이다. 세계 바이오 시장은 이미 전통 제조업을 능가하는 속도로 확대되고 있으며, 선진국들은 바이오를 '국가안보 산업'으로 규정하며 전략적 투자를 강화하고 있다. 유전자 치료제, mRNA 백신, 세포·유전자 치료^(CGT) 같은 기술은 의료·제약 산업의 구조를 근본적으로 바꾸고 있다. 코로나19 팬데믹 이후 바이오 역량은 국가 안전과 직결되는 분야로 더욱 부각되고 있다.

천안·아산은 수도권과 오송·대전·세종을 잇는 이른바 '바이오 벨트'의 중심축에 위치해 있다. 진단장비, 정밀센서, 유체제어 부품 등 바이오 공정·장비 분야 기업이 다수 자리하고 있으며, 반도체·디스플레이·정밀 제조 기반이 비교적 탄탄해, 바이오 자동화 장비, 정밀 공정장비 분야로 확장 가능성이 있다는 평가를 받고 있다.

헬스케어 산업 또한 빠르게 진화하고 있다. 스마트 디바이스를 기반으로 한 건강관리 기술이 일상화되고 있고, AI는 의료영상 판독 수준을 크게 끌어올리고 있다. 2030년까지 디지털 헬스 시장이 지금보다 크게 확대될 것으로 예측되는 만큼, 초고령사회에 접어든 한국에서는 헬스케어 혁신이 필연적 과제가 되고 있다.

천안은 대학병원과 지역 병원이 밀집해 있고, 의료AI·
웨어러블·스마트 의료기기 기업도 지역 내에서 활발히 활
동하고 있다. 의료데이터 실증과 AI 의료기기 검증을 병
행할 수 있는 여건이 상대적으로 잘 갖춰져 있어, 향후 의
료AI 실증 기능을 강화하는 데 강점을 지닌 도시로 평가
된다. 충남의 고령화 추세를 고려하면 관련 수요도 꾸준히
증가할 가능성이 높다.

로봇 산업은 제조 자동화를 넘어 물류, 돌봄, 의료 등
다양한 영역으로 확장되고 있다. 한국은 로봇 활용도가 높
은 제조 강국이지만, 고령화·인력 부족 문제로 인해 로
봇 수요는 앞으로 더 확대될 것으로 전망된다. 천안·아산
은 정밀부품, 전장, 센서, 공장 자동화 기반이 비교적 탄탄
하며, 대형 물류센터가 다수 입지해 로봇 실증과 상용화를
함께 고려하기에 유리한 환경을 갖추고 있다. 공장 자동화
로봇, 물류로봇, 돌봄 로봇을 실제 현장에서 시험하고 개
선할 수 있는 여건이 적지 않다는 점은 지역 산업의 향후
경쟁력 확보에 긍정적 요소이다.

우주산업은 미래지향적이면서도 실제 산업화 속도가 빠
르게 진행되고 있는 분야이다. 민간 발사체 경쟁이 시작되

면서 우주는 더 이상 국가만의 전유물이 아니며, 초소형 위성·우주데이터 산업이 빠르게 성장하고 있다. 위성 데이터는 통신·재난·농업·국방 등 거의 전 분야에서 활용 가능성이 커지고 있다.

천안·아산의 제조 기반은 이러한 우주산업과도 연계될 수 있다. 정밀가공, 전자·전장, 광학·센서 분야 기업들이 일정 규모로 분포하고 있고, 대전의 항우연(KARI), ADD, KAIST 등 우주 연구기관과의 접근성도 우수하다. 반도체·디스플레이 공정을 통해 축적된 초정밀 제조 역량 역시 위성 탑재체나 센서 모듈 개발 분야로 확장할 여지가 있다. 이러한 점에서 천안·아산은 우주 부품 산업 육성에도 유리한 조건을 갖춘 지역으로 평가될 수 있다.

바이오·헬스·로봇·우주산업의 공통분모는 AI·데이터·정밀 제조이다. 바이오 실험데이터, 의료데이터, 로봇 센서데이터, 위성 관측데이터는 모두 AI 기술과 결합해 경쟁력을 좌우하는 핵심 요소가 된다. 천안·아산은 이러한 기반을 축적해 온 지역이다. 지역 내 제조·데이터·실증 환경을 통합한다면, 바이오·헬스·로봇·우주산업 분야에서도 중요한 역할을 할 수 있을 것이다.

제4부

도시공간의 혁신전략

원도심 활성화와 도시균형발전

　도시의 역사는 중심에서 시작된다. 상업과 행정, 문화와 공동체가 응축된 공간이 도시의 흐름을 만들어왔고, 그 위에 삶의 질과 지역경제의 토대가 쌓여왔다. 그러나 지난 수십 년간 신도시 개발이 전국 곳곳에서 진행되면서 도시의 중심은 외곽으로 이동했고, 원도심은 빠르게 공동화 문제에 직면했다. 이는 천안만의 문제가 아니다. 성남·안양·수원·청주·전주 등 신도시를 경험한 많은 도시들이 같은 과정을 겪고 있다. 원도심의 쇠퇴는 개별 도시가 가진 특정 문제가 아니라, 한국식 도시성장의 구조가 만들어낸 공동과제인 셈이다.

　신도시는 늘 '좋은 주거환경'이라는 명분으로 조성된다. 넓은 도로, 새 아파트, 대형 상업시설, 교육 인프라가 갖춰진 지역은 빠르게 사람을 끌어들이고, 기존 도심은 상대적으로 매력을 잃는다. 그 결과 인구·상권·문화활동은 외곽으로 이동하고, 도심은 개발의 무게에서 벗어나려면 시간이 필요하다는 역설적 구조가 만들어진다. 하지만 도시의 중심이 약해지면 주변지역의 성장도 장기적으로 불안정해지고, 산업·문화·정주의 균형이 흔들릴 수 밖에 없기 때문에 원도심 활성화 문제는 도시의 지속가능성 측면에서 반드시 해결해야 할 중요한 과제이다.

원도심 활성화와 도시균형발전은 단순한 '낡은 곳의 재생'이 아니라, 도시 전체의 경쟁력을 복원하는 국가적 과제이다. 국토교통부가 도시재생 정책의 방향을 '철거 중심 개발'에서 '통합적 재생'으로 전환하고, 지역별 생활SOC 확충·보행환경 개선·공공기능 재배치를 강조하는 이유도 바로 여기에 있다. 도시정책의 목표가 양적 성장에서 질적 성장으로 이동하면서, 도시의 모든 영역을 촘촘하게 연결하는 전략이 요구되고 있다.

원도심 활성화는 크게 세 가지 방향에서 접근해야 한다.

첫째, 도시공간 구조의 재설계이다. 원도심의 쇠퇴는

주변과의 접근성이 떨어지는 순간 가속화되기 마련이다. 도시가 균형 있게 성장하려면 중심과 주변을 잇는 교통 · 보행 · 생활축을 다시 설계해야 한다. 동서 · 남북을 관통하는 생활축을 만들고, 이동의 불편을 줄이며, 도심과 신도심이 상호보완적으로 작동하도록 구조를 바꿔야 한다. 이 축이 약한 도시는 결국 발전의 중심이 외곽으로 기울고, 장기적으로 도시의 활력이 줄어들게 된다.

천안의 사례도 이를 보여준다. 도심 철도가 도시를 동서로 가르며 이동을 어렵게 만들었고, 신도시와 원도심이 서로의 기능을 분담하지 못한 채 각각 분리된 생활권으로 발전했다. 천안이 동서 연결망 확충, 봉서산 터널, 외곽순환도로, 도심 보행축 조성 등을 추진하는 이유는 단순한 교통편의 개선이 아니라, 도시 구조를 하나로 통합하기 위한 시도이다.

둘째, 원도심 기능의 재배치와 재정의이다. 원도심이 신도시에 비해 경쟁력을 잃는 이유는 건물의 노후함 때문만이 아니다. 도심을 지탱하던 경제 · 문화 · 주거 기능이 제 역할을 하지 못하는 순간 원도심은 빠르게 쇠퇴한다. 따라서 도심에 '도심만의 고유한 기능'을 부여해야 한다.

청년 창업공간, 도심형 업무시설, 문화예술 기반, 광역철도·환승 기능 등이 원도심에 집중되면 도시의 중심은 자연스럽게 재생된다.

천안이 천안역세권 혁신지구 사업을 통해 역세권에 복합환승센터, 지식산업센터, 문화공간을 배치하고 있는 것은 도심의 정체성을 재구성하는 중요한 시도이다. 세계 각국에서도 오래된 도심 창고·공장을 창작공간·예술단지·스타트업 허브로 전환하는 방식으로 도심 가치를 되살리고 있다. 도심은 낡았다는 이유로 버려질 공간이 아니라, "새로운 도시전략이 시작되는 공간"이어야 한다.

셋째, 생활권 단위의 균형 회복이다. 도시는 특정 지역만 좋아져서는 균형을 유지할 수 없다. 모든 권역이 주거·문화·교육·복지·공원 등 생활 인프라가 도심과 조화를 이룰 때 도시 전체의 매력이 유지된다. 신도시가 빠르게 성장하는 도시일수록 원도심과의 생활격차는 더 크게 느껴지기 마련이다. 권역별로 필요한 시설을 조성하고, 공공서비스와 교통·교육·문화 인프라를 단계적으로 확충해야 한다.

이런 점에서 천안이 추진하는 '생활SOC 불균형 해소', '권역별 균형발전계획', '도심-동부-남부 생활권 연계' 등의 방향은 도시재생의 일반 원칙과도 맞닿아 있다. 도시균형발전은 특정 지역을 '개발'하는 것이 아니라, 도시 전체를 하나의 유기체로 다시 설계하는 과정이기 때문이다.

원도심 활성화와 도시균형발전은 단기 사업이 아니라 도시의 미래를 다시 그리는 장기 전략이다. 도시의 공간 구조를 바꾸고, 도심의 정체성을 회복하고, 생활권의 격차를 줄이는 일은 시간이 걸리지만, 도시의 지속가능성과 경쟁력을 좌우하는 결정적 요인이다. 각 지자체는 신도시와 원도심의 관계를 재정의하고, 도시 전체의 가치가 상호 연결되도록 체계를 새롭게 짤 필요가 있다.

원도심을 다시 세우는 일은 고쳐 쓰는 것이 아니라 다시 의미를 부여하는 작업이며, 도시균형발전은 낙후 지역을 채워주는 것이 아니라 도시 전체의 구조를 튼튼하게 만드는 과정이다. 지금 우리에게 필요한 것은 개발과 확장의 논리를 넘어, 도시를 다시 하나의 전체로 바라보는 시각이다. 원도심과 신도심, 중심과 주변이 조화를 이루는 도시가 바로 미래도시의 새로운 기준이기 때문이다.

도시공간 혁신과 역세권 개발

　도시의 경쟁력은 사실 복잡한 경제지표나 산업정책에서 시작되는 것이 아니다. 도시의 길과 광장, 역세권과 원도심, 주거지와 산업단지가 어떻게 연결되어 있는가, 즉 도시공간이 어떻게 짜여 있는가에서 시작된다. 공간이 사람의 흐름을 만들고, 사람의 흐름이 기업의 투자와 일자리를 만들며, 이것이 다시 도시의 활력을 만든다. 지방도시가 활력을 잃고 청년이 떠나는 이유도 결국 같은 맥락이다. 도시의 공간구조가 시대 변화에 맞게 진화하지 못했기 때문이다.

　한국의 많은 지방도시는 비슷한 어려움을 안고 있다. 역세권은 교통의 중심인데 주변은 낙후되어 있고, 원도심은 활력을 잃었으며, 신도시는 주거기능에만 머물고 따로 노는 경우가 많다. 대학은 도시와 분리되어 있고, 산업단지는 외곽에 고립되어 있다. 도시의 주요 기능이 서로 연결되지 못하고 흩어져 있으니 사람의 이동도 끊기고, 상권도 약해지고, 청년도 정착할 이유를 찾지 못한다. 결국 도시공간의 단절이 도시의 쇠퇴로 이어지는 것이다.

이 흐름을 되돌릴 수 있는 핵심 전략이 바로 역세권 중심의 도시공간 혁신이다. 세계 주요 도시는 이미 이러한 전략으로 도시를 바꾸고 있다. 일본 요코하마의 '미나토미라이 21', 도쿄 시부야역 일대 재생, 프랑스 릴-유럽, 미국 매사추세트주의 켄달스퀘어 등은 모두 역세권을 중심으로 교육·일자리·문화·창업공간을 한데 묶어 도시 전체의 경쟁력을 되살리는 데 성공한 사례들이다. 공통점은 단순히 역세권을 개발하는 차원이 아니라 역세권을 도시의 새로운 심장으로 재설정했다는 점이다.

역세권이란 단순히 기차를 타고 내리는 곳이 아니다. 역세권은 교통, 일자리, 문화, 상업, 주거가 가장 빠르고 쉽게 연결될 수 있는 도시의 핵심 플랫폼이다. 이곳에 무엇을 배치하고 어떤 기능을 결합하느냐에 따라 도시의 미래가 달라진다. 역세권이 비어 있으면 도시는 비고, 역세권이 활력을 가지면 도시는 다시 살아난다.

역세권 혁신은 세 가지 방향에서 접근할 수 있다.

첫째, 도시의 중심을 역세권으로 재설정하는 일이다. 과거에는 시청이나 상업지구가 도시의 중심이었다면, 미래에는 역세권이 도시의 중심이 된다. 역세권에 넓은 광장, 편리한 환승센터, 걸어서 이동할 수 있는 보행길, 문화시설 등을 집중시켜 도시의 흐름을 모으는 구조로 만들어야 한다.

둘째, 사람을 끌어들이는 핵심 콘텐츠를 배치하는 것이다. 환승센터만 만든다고 도시가 달라지지 않는다. 대학의 일부 학과와 연구소, 창업공간, 스타트업 허브, 기업 연구실, 청년 문화공간 등 '사람이 머무르고 활동하는 장소'를 함께 넣어야 역세권이 도시의 두뇌가 된다.

셋째, 역세권과 도시 전체를 하나로 엮는 연결전략이다. 역세권이 원도심, 주거지, 산업단지, 대학가와 단절되면 변화는 한계에 부딪힌다. 보행축, BRT, 자전거도로, 도시광장, 골목상권, 문화축 등 여러 공간을 연결하는 하나의 생활 네트워크가 필요하다. 도시 전체가 하나의 큰 무대로 작동해야 역세권이 진정한 변화의 엔진이 될 수 있다.

이를 위해 역세권에 대학과 기업 공동캠퍼스의 핵심 시설을 집중시킬 필요가 있다. 대학의 일부 학과, 평생교육원, 연구센터를 역세권에 배치해 대학과 도시를 연결하고, 스타트업 허브와 기업 지원시설, 청년창업 공간을 함께 배치하면 역세권이 청년과 기업의 활동 중심지가 될 것이다.

아울러 청년 정주 기반을 역세권에 구축해야 한다. 청년주택, 공유기숙사, 소형 임대주택, 청년 문화공간, 독립서점, 소규모 공연장 등이 역세권에 자리 잡으면 청년이 "살아보고 싶은 도시"가 된다. 지방도시가 청년을 유치하려면 먼저 청년이 머물 공간부터 바꿔야 한다.

산업단지와 역세권을 직접 연결하는 산업혁신축도 필요하다. 천안의 강점은 첨단 제조업이 도시 인근에 밀집해 있다는 점이다. 역세권과 산업단지를 BRT나 전용셔틀로 연결하고, 산단 인근에 산학융합캠퍼스와 실험·연구·창업 공간을 배치하면 도시 전체가 하나의 '산업+교육 플랫폼'으로 재탄생할 것이다.

　도시공간 혁신과 역세권 전략의 핵심은 결국 사람의 흐름을 바꾸는 데 있다. 기업은 사람이 있는 곳으로 오고, 청년은 기회가 있는 곳에 정착한다. 역세권이 도시의 중심이 되고, 중심이 새로운 기회를 만들 때 도시는 다시 살아난다.

　도시는 공간을 따라 흥하고, 공간을 따라 쇠퇴한다. 천안의 미래도 예외가 아니다. 도시의 구조를 바꾸면 흐름이 바뀌고, 흐름이 바뀌면 도시의 운명이 바뀐다. 지금 필요한 것은 바로 그 구조를 새로 그릴 용기이다.

천안역 증개축과 철도시설 지하화

천안역은 단순한 열차 정차 지점이 아니다. 수도권과 충청권을 잇는 교통의 중추 거점이자, 천안 원도심의 중심축이며, 도시 기능과 미래 비전을 담아낼 전략적 공간이다. 시민들의 일상과 가장 가까운 이곳은 천안의 도시구조를 관통하는 핵심축이자, 지역균형발전과 도시재생의 관문 역할을 해야 할 기반시설이다. 그만큼 상징성과 확장성이 큰 장소이다.

그러나 지금의 천안역은 그 위상에 걸맞은 역할을 충분히 해내지 못하고 있다. 하루 3만 명이 넘는 이용객을 감당하기에는 역사의 규모와 시설이 턱없이 부족하고, 내부 동선은 비효율적이며, 주변 공간 역시 도시와의 연결성이 끊긴 채 고립돼 있다. 특히 도심 한복판을 가로지르는 철도선로는 동서를 물리적으로 분절시키며 상권과 보행 흐름을 끊어 놓고, 도시 통합과 균형발전을 가로막아 왔다. 천안의 중심이 되어야 할 천안역이 도심의 심장 역할을 하지 못하고 있는 것이다.

천안역 증개축은 천안역이 본연의 역할을 회복하는 신작이 되는 사업이라는 점에서 의미가 크다. 사업이 예정보다 늦어진 점은 아쉽지만, 이제라도 본격적인 공사가 시작된 것은 다행이며, 천안의 미래를 새로 설계할 중요한 출발점이 될 것이다. 이 사업은 단순한 역사 개보수가 아니라, 도시구조를 재정비하고 원도심의 활력을 회복하며, 동서 균형성장을 이끄는 핵심 계기가 되어야 한다.

천안역사 증·개축과 관련하여 반드시 병행해야 할 과제는 바로 철도시설의 지하화이다. 천안역 일대의 도시재생이 진정한 변화를 만들어내기 위해서는, 선로로 인해 단절된 동서 도시공간을 다시 잇는 것이 필수적이다. 지금의 철도 구조는 도시를 물리적으로 갈라놓고, 개발의 흐름을 왜곡하며, 시민들의 보행권과 생활권을 제약하는 구조적 한계로 작용해 왔다. 그 결과 상권 활성화, 도시 통합, 균형발전 등 천안이 오랫동안 풀어야 했던 과제들이 철도라는 물리적 장벽 앞에서 번번이 멈춰 섰다. 철도 지하화는 이러한 문제를 근본적으로 바로잡고, 도시공간의 복원과 기능 통합은 물론, 지역경제의 재편까지 이끌어 낼 수 있는 도시 재창조 전략이다.

그동안 천안시는 조 단위로 추정되는 막대한 사업비에 부담을 느껴 지하화 추진에 적극적으로 나서지 못했다. 그러나 최근 「철도지하화 및 철도부지 통합개발에 관한 특별법」이 제정되면서 상황이 변했다. 전국 곳곳에서 도심 철도 문제가 도시정책의 핵심 이슈로 부상하자, 정부가 제도적 기반을 마련한 것이다. 이 특별법은 지하화와 상부 개발을 통합해 추진할 수 있는 근거를 마련했고, 상부 개발 수익을 사업비로 충당할 수 있도록 허용함으로써 철도 지하화의 현실적 가능성을 열었다.

철도 지하화 관련 법 제정 이후 국토교통부는 통합개발 선도사업 공모를 실시했고, 안산·부산·대전이 시범도시로 선정되었다. 그러나 철도로 인한 동서 단절이 구조적으로 가장 심각한 도시 중 하나인 천안은 이 공모에 참여하지 않았다. 공식적인 불참 사유는 알려지지 않았지만, 천문학적인 사업비 부담과 사업성에 대한 우려가 주요 요인이었을 것으로 짐작된다. 그럼에도 불구하고 철도 지하화의 필요성이 큰 도시가 선도사업 단계에서조차 논의의 장에 오르지 못했다는 점은 아쉬움으로 남는다.

물론 철도 지하화는 결코 쉬운 과제가 아니다. 공사 난이도가 높고, 장기간의 공사 기간과 막대한 재원이 필요하다. 특히 사업비를 상부 개발이익만으로 충당해야 하는 구조는 지자체로서 감당하기 쉽지 않은 부담이다. 그렇다고해서 시작조차 해보지 못한 채 가능성을 접어두는 것이 합리적인 선택이라고 보기는 어렵다. 중요한 것은 '할 수 있느냐, 없느냐'의 이분법이 아니라, 동서 단절을 해소할 수있는 다양한 대안을 놓고 충분히 비교·검토한 뒤 최선의방안을 선택하는 과정이다.

개발이익만으로 사업비를 충당하기 어렵다면, 관계 도시들과의 연계를 통해 정부 재정 지원을 포함한 다각적인재원 조달 방안을 함께 모색해야 한다. 신도시 개발로 인한 원도심 공동화와 도시 불균형 문제는 특정 도시만의 문제가 아니라, 다수의 도시가 공통적으로 겪고 있는 구조적과제이며, 그만큼 국가적·광역적 접근이 요구되는 사안이기 때문이다.

단절된 도시의 흐름을 복원하고, 도심 공간을 입체적으로 재편하며, 시민의 생활권과 도시 브랜드를 다시 정비하는 일은 더 이상 미룰 수 없는 과제이다. 선로가 만들어 온 물리적 장벽을 그대로 두는 한, 도심 재생도 균형 발전도 결국 반쪽에 머무를 수밖에 없고, 천안이 지닌 잠재력 역시 온전히 발휘되기 어렵다. 바로 이 지점에서 천안역사 증·개축과 철도 지하화는 개별 사업이 아니라 하나의 전략으로 맞물린다.

두 사업이 함께 추진될 때 비로소 천안의 도시 구조는 다시 정렬되고, 동서가 균형 있게 연결되며, 원도심의 활력도 실질적으로 회복될 수 있다. 지금 천안이 선택해야 할 길은 철도 지하화와 천안역 증·개축을 도시 재창조의 출발점으로 삼아, 균형발전과 미래 전략을 현실로 전환하는 계기를 만들어 내는 것이다. 이는 단순한 건설사업을 넘어, 천안이라는 도시의 방향과 가능성을 다시 설정하는 선택이다.

철도가 만들어 온 단절을 해소하고 도시의 흐름을 다시 잇는 순간, 천안은 새로운 성장축을 갖게 될 것이다. 역사는 단순한 교통시설을 넘어 도시의 얼굴이 되고, 지하화된 공간 위에는 천안의 미래를 설계할 새로운 무대가 펼쳐질 것이다. 우리가 추진해야 할 일은 건물을 짓는 공사가 아니라, 천안이라는 도시의 구조를 다시 설계하고 도시의 방향과 운명을 새롭게 써 내려가는 일이다. 이 결단이 천안의 다음 100년을 결정하게 될 것이다.

철도중심 도시재편 전략

도시가 어떤 방향으로 성장하느냐는 결국 무엇을 중심에 두느냐로 결정된다. 20세기 산업화 시대는 도로와 자동차가 도시의 질서를 만들었지만, 21세기 도시들은 정반대의 해법을 선택하고 있다. 교통량을 감당하기 위해 도로를 넓히는 것이 아니라, 철도와 역세권을 중심에 두고 도시의 구조 자체를 다시 짜는 방식이다. 기후위기, 고령화, 도시재정의 한계 속에서 세계의 도시들이 공통적으로 내린 결론은 명확하다. "철도를 도시의 척추로 삼아야 지속가능성이 높아진다"는 것이다. 이는 단순한 교통정책이 아니라 도시의 미래전략이자 경제전략이다.

일본·홍콩·북유럽·유럽·북미의 사례가 보여주듯, 철도는 '선로'가 아니라 도시의 중심축이며, 역세권은 단순한 교통결절점이 아니라 미래 도시의 심장부이다. 이 경험은 천안에도 중요한 시사점을 준다. 천안은 수도권과 충청권의 경계에 위치한 교통도시이자 KTX · GTX · 광역철도 · 일반철도가 교차하는 다핵 교통도시이다. 이 잠재력을 현실적 경쟁력으로 바꾸려면 철도가 도시계획의 주변이 아니라 중심이 되어야 한다.

철도 중심 도시재편의 대표적인 사례로 가장 자주 언급되는 곳은 일본 도쿄이다. 도쿄의 철도망은 단순한 이동수단이 아니라 도시공간의 뼈대에 가깝다. 사철과 JR 노선이 교차하는 곳마다 역세권이 고밀 · 복합 · 보행 중심의 도시공간을 형성하고, 민간 철도회사는 '철도 – 부동산 – 상업 – 문화'가 이어지는 생태계를 구축해왔다. 시부야역 재개발은 그 상징적인 사례이다. 노후된 역사를 허물고 보행 · 환승 동선을 다시 구성한 뒤, 역 상부에 업무 · 상업 · 문화시설을 입체적으로 배치함으로써 역세권 전체가 새로운 도시 플랫폼으로 재탄생했다. 단순한 재개발이 아니라 철도를 중심축으로 두고 도시 구조 자체를 다시 짠 것이다.

홍콩 MTR은 여기에 더해 철도와 부동산 개발을 하나로 묶는 'Rail + Property[R+P]' 모델을 완성했다. 홍콩 정부가 역세권 토지개발 권리를 철도공사에 부여하고, 철도공사는 주거·상업 복합단지를 동시에 개발해 그 이익으로 철도 건설·운영 비용을 충당하는 방식이다. 홍콩 시민들은 매일 지하철역과 바로 이어진 쇼핑몰·주상복합·공중보행로를 이용하며 이동한다. 철도가 도시의 중심이 되고, 도시가 철도를 품는 구조가 완성된 것이다. 무엇보다 중요한 점은, 이 모델이 재정의 부담을 줄이는 동시에 도시를 고밀·보행 중심으로 바꾸어 주거와 상업 기능을 하나의 입체적 생활권으로 통합했다는 사실이다.

북유럽 코펜하겐은 철도를 통해 도시 확산과 성장을 동시에 조절한 대표적 사례다. '핑거 플랜(Finger Plan)'에서 도심은 손바닥, 철도축은 손가락처럼 설계되어 철도축마다 고밀 개발을 집중했고, 철도축 사이의 공간은 녹지로 남겨두어 도시의 무질서한 확산을 막았다. 외레스타드 신도시는 공공토지를 단계적으로 매각해 경전철 건설비를 마련하며, 철도 – 토지 – 개발을 하나의 시스템으로 묶어낸 북유럽형 TOD의 모범이다.

독일 프라이부르크 바우반(Vauban) 지구는 기후위기 시대의 도시 모델로 주목받는다. 트램·보행·자전거 중심의 설계로 자동차 의존도를 획기적으로 줄였고, 에너지 절감형 주거와 공동체 기반 생활환경을 결합해 지속가능한 도시재생의 실험장으로 자리 잡았다. 철도가 도시를 친환경적으로 재편하는 데 어떤 역할을 할 수 있는지 보여주는 사례이다.

이처럼 세계 주요 도시들이 선택한 전략은 크게 다르지 않다. 철도는 도시구조의 출발점이고, 역세권은 고밀 복합 공간이며, 철도 – 토지 – 재정은 하나의 시스템으로 설계된다. 철도는 미래도시의 골격을 만들어내는 핵심 도구이자, 도시경쟁력의 기반 구조로 삼는 것이다.

이 흐름은 천안에도 중요한 시사점을 준다. 천안은 수도권과 충청권을 잇는 교통도시이자 KTX · SRT · 일반철도 · 수도권 전철이 모두 교차하는 다축 철도도시이다. 향후 GTX-C 논의와 충청권 광역철도망 구축이 현실화되면, 천안은 사실상 전국 어디든 빠르게 연결되는 '국가 철도허브'로 성장할 조건을 갖추게 된다.

문제는 이처럼 막대한 철도 인프라의 잠재력이 아직 도시공간 전략과 산업전략으로 제대로 연결되지 않았다는 점이다. 현재 천안의 도시구조는 자동차 이동을 전제로 한 확산형 패턴이 강하고, 역세권은 광역교통 중심지로서의 잠재력에 비해 활용도가 현저히 낮다. 다시 말해, 철도가 이미 놓여 있음에도 철도가 도시의 구조를 이끌도록 만드는 도시계획적 전환이 이루어지지 않은 것이다.

천안의 철도 잠재력을 활용하기 위해서는 우선 천안역·두정역·직산역·성환역을 각각의 성격을 가진 핵심 거점으로 육성할 필요가 있다. 특히 천안역 일대는 일본 도쿄나 홍콩 MTR처럼 역세권 상부·인근을 고밀도 복합개발지구로 지정하고, 주거·업무·상업·생활SOC를 통합 배치할 필요가 있다. 천안역은 KTX 환승 기능과 일반 철도 기능이 중첩되는 만큼, '충청권 광역경제생활권의 관문역'으로 재정비하되, 역세권 고밀개발과 함께 보행동선 재편, 공공광장 조성, 환승센터 일체화 계획을 도입해야 한다.

둘째, 철도축을 중심으로 도시 확산을 관리하고 성장 동력을 배치해야 한다. 코펜하겐 핑거 플랜처럼 천안도 '철도축 성장전략'을 세울 수 있다. 예컨대, 천안역–두정역–직산역–성환역 축은 제조·물류–산업지원 기능을, 천안역과 장차 설치될 가능성이 있는 청수역 축은 업무·행정·주거 기능을, 천안아산역 – 배방·탕정 방면 축은 반도체·AI 연구·첨단산업 기능을 강화하는 것이다. 이런 구조를 기반으로 역세권을 중심으로 고밀 개발을 유도하고, 철도와 가까운 곳에 기업과 연구시설, 물류 기능을 집중시키면 산업 확장과 교통 효율성이 동시에 높아진다. 역과 역 사이 지역은 주거환경·녹지·생활SOC 중심으로 조정해 도시의 무질서한 확산을 막을 수 있다.

셋째, 홍콩 MTR의 R+P 모델처럼 '철도 – 개발 – 재정'을 하나의 시스템으로 묶는 것이 제도적으로 가능한지 검토해 볼 필요가 있다. 역세권 개발을 통한 수익 일부를 철도 접근성 개선·도심 재생·공공시설 확충에 재투자하는 구조를 만들면, 도시재정 부담은 줄고 개발 효과는 극대화될 수 있다.

넷째, 시민 이동방식을 철도·보행 중심으로 바꾸는 생활권 재편이 필요하다. 바우반처럼 극단적인 무차(無車) 전략을 당장 적용하기는 어렵다. 그러나 환승센터와 보행전용구역 확대, 철도·버스 통합환승 시스템 강화, 자전거 전용도로 확충 등을 통해 시민의 이동패턴을 대중교통 중심으로 바꿔나갈 수 있다.

마지막으로 철도중심 도시 재편전략은 교통정책이 아니라 도시전략이라는 점이다. 철도는 단순히 '이동 수단'이 아니라 도시의 골격이고, 역세권은 도시의 미래 산업이 자리 잡을 공간이다. 천안이 반도체 · 바이오 · 디지털 산업도시로 성장하려면, 기업과 인재가 모일 수 있도록 주거, 업무, 문화, 교통이 한곳에서 연결된 복합환경을 만들어야 한다.

철도 중심 도시재편전략은 이미 세계 여러 도시들이 선택해 온 흐름이다. 이제 천안 역시 철도를 도시의 주변에 머물게 할 것이 아니라, 도시 구조와 성장전략의 중심으로 끌어와야 한다. 이는 단순한 교통정책의 전환이 아니라, 천안이 충청권 메가시티의 중핵도시로 도약하고 미래 경제지도를 주도하는 도시로 거듭나기 위해 진지하게 검토해야 할 선택이다.

미래모빌리티 국가산단과 성환·직산역

　천안 북부 권역이 새로운 전기를 맞고 있다. 미래모빌리티 국가산단 후보지로 성환 종축장 부지가 지정되면서, 천안은 제조산업 중심의 도시에서 미래산업·철도 중심의 도시로 전환할 기회를 손에 쥐게 됐다. 자동차·배터리·로봇·자율주행으로 대표되는 미래 모빌리티 산업은 단순한 공장 유치를 넘어 지역의 산업구조·주거 패턴·교통체계를 한꺼번에 바꾸는 파급력을 갖고 있다. 문제는 이러한 변화가 산업단지 하나로 자동적으로 완성되지 않는다는 점이다. 산업과 도시, 철도와 생활권의 구조를 정교하게 연결할 때 비로소 산단은 경쟁력을 갖는다. 그 연결의 핵심이 바로 철도를 중심으로 도시를 재편하는 TOD(Transit-Oriented Development) 전략이다.

천안 북부는 이미 철도중심 개발전략의 기본 조건을 갖추고 있다. 수도권전철 라인은 성환 – 직산 – 두정 – 천안역 – 봉명 – 쌍용으로 이어지고, 경부선·장항선·호남선 등 국가철도망이 교차하며, KTX·SRT 역시 천안아산역을 거점으로 한다. 여기에 향후 GTX-C 천안 연장 논의와 충청권 광역철도 사업이 더해지면 천안 북부는 수도권과 충청권을 잇는 가장 강력한 철도 교통축을 갖게 된다. 문제는 이 잠재력을 어떻게 산업구조와 배후도시 전략에 연결하느냐에 달려 있다.

그 관점에서 성환역은 국가산단의 '1차 통근·직결 거점'으로 설계해야 한다. 국가산단의 주출입구에서 성환역까지는 가장 빠르고 직선적인 BRT·셔틀축을 구축하고, 역 앞에는 입체형 환승센터와 충분한 환승주차 시설을 두어 산단 근로자의 철도 통근이 자연스럽게 이뤄지도록 해야 한다. 성환역 주변은 단순한 역전 상권이 아니라 산단 근로자를 위한 중·고밀도 주거, 청년·신혼부부 주택, 공원·학교 등 생활 인프라가 결합된 '산단 배후 도시(TOD형 뉴타운)'로 만들어야 한다. 성환역에서 10분, 뉴타운에서 15분이면 산단에 도착하는 구조를 만들면, 산업·주거·교통이 하나의 일상권으로 묶인다. 이는 수도권과 경쟁할 수 있는 천안 북부만의 강점이 된다.

그러나 성환역 하나만으로는 북부권 전체의 균형을 잡기는 어렵다. 성환역에 모든 기능을 몰아넣으면 주거비 상승, 교통 혼잡, 환경부담 등 '성장 과밀' 문제가 발생한다. 그래서 직산역의 역할이 중요해진다. 직산역은 성환-두정-천안 도심을 잇는 철도축의 중간에 위치해 있고, 도심 접근성이 뛰어나며, 역세권 재편의 여지가 아직 크다. 이 지점이 직산역을 '제2 통근·생활 허브'로 만들어야 하는 이유이다.

직산역은 두 가지 기능을 동시에 수행할 수 있다. 하나는 천안 도심과 북부산단을 잇는 '중간 환승 허브'이다. 도심에 거주하는 산단 근로자와 연구인력이 전철로 직산역까지 이동한 후, 성환 국가산단으로 가는 BRT·셔틀을 이용한다면 출퇴근 패턴이 훨씬 효율적으로 설계된다. 다른 하나는 R&D, 지식산업, 기술지원 기능을 수용하는 업무 중심 구역의 역할이다. 성환 국가산단이 대규모 제조·생산 중심으로 발전한다면, 직산역은 스타트업, 연구센터, 지식산업센터, 기업지원기관 등 산단의 고부가가치 기능을 수용하는 최적의 지점이 된다. 철도 접근성이 높고, 도심과 산단 모두를 연결하는 중간 위치는 직산역을 자연스럽게 '전문인력의 생활·업무 중심지'로 만든다.

이 두 역의 기능분담이 활성화되면 천안 북부는 단순한 도시확장이 아니라 '철도 축을 따라 다핵 구조로 재편된 미래형 도시'로 성장할 수 있다. 성환역은 국가산단과 배후도시를 직결하는 핵심 축이 되고, 직산역은 도심과 북부산단을 잇는 환승·업무·R&D 거점이 되며, 두정역과 천안역은 도심의 상업·교육·공공서비스 중심축으로 역할이 명확해진다. 즉, '도로 기반 확산형 도시'였던 천안이 '철도 중심 압축·다핵 도시'로 전환하게 되는 것이다.

성환 미래모빌리티 국가산단은 단순한 산업단지 지정을 넘어, 천안이라는 도시의 공간구조와 산업구조, 인구구조를 다시 설계할 수 있는 중요한 전환점이다. 성환과 직산을 철도 중심 도시개발의 축으로 정교하게 구축한다면, 천안은 '산단 하나가 추가된 도시'가 아니라 '산업·철도·생활이 유기적으로 결합된 미래도시'로 도약할 수 있다. 철도 중심의 도시 재편이 현실화되는 순간, 천안의 성장 경로와 도시의 모습은 분명히 달라질 것이다.

제5부

창조문화도시 전략

All that Dance in Cheonan!
천안흥타령춤축제 2025
CHEONAN WORLD DANCE FESTIVAL 2025
SERBIA
FOLKLORE ENSEMBLE DIDO BOGATIC
WORLD DANCE

창조문화도시 천안

　21세기는 도시의 시대이다. 경제성장과 인프라의 경쟁은 더 이상 도시의 미래를 담보하지 못한다. 이제는 '무엇을 가졌느냐'보다 '어떻게 다르게 생각하고 살아가느냐'가 도시 경쟁력을 결정짓는다. 세계의 도시들은 하나둘씩 '창조성'과 '문화'라는 새로운 키워드를 앞세워 과감히 도시정책의 패러다임을 바꾸고 있다. 물리적 성장을 넘어 시민의 상상력과 참여가 도시의 미래를 설계하는 시대, 우리는 그 출발선에 서 있다.

　천안도 예외일 수 없다. 유관순의 정신이 살아 숨 쉬는 독립의 도시이자 충남 최대의 교육도시이며, 수도권과 전국을 연결하는 교통과 물류의 허브 도시 천안은 이제 '창조문화도시'라는 새로운 비전을 통해 도시의 미래를 다시 써야 한다.

창조도시는 도시재생과 문화예술, 산업과 기술, 시민참여를 융합해 도시의 구조와 정체성을 재구성하는 개념이다. 그 뿌리는 2000년대 초반 영국 도시계획가 찰스 랜드리가 제시한 '크리에이티브 시티(Creative City)'론에서 찾을 수 있다.

프랑스 리옹은 한때 쇠퇴하던 공업도시였지만, 낙후된 구도심을 문화예술 거점으로 재구성하고, '문화지형 연결축'을 만들어 도시 전체를 거대한 박물관처럼 탈바꿈시켰다. 독일 베를린은 미디어아트, 공연예술, 디자인 산업을 전략산업으로 전환하여 세계 예술가들의 메카로 부상했다. 일본 요코하마는 항만을 중심으로 한 'BankART' 프로젝트를 통해 폐창고를 예술가들의 창작소로 탈바꿈시켰고, 삿포로는 '미디어아트 창조도시'로 유네스코 창의도시 네트워크에 이름을 올렸다.

이들 도시는 단순히 문화시설을 확장한 것이 아니다. 도시의 모든 행정, 계획, 공간, 산업에 문화적 상상력과 창의성을 접목시키는 구조 전환을 이룬 것이다.

서울시는 '공공예술 서울'이라는 구호 아래 각 자치구의 특성을 살려 공공미술 프로젝트를 추진하고, 도시경관에 예술을 심었다. 성북구는 마을예술창작소를 운영하며 시민참여형 문화행정을 정착시켰고, 은평구는 문화도시 네트워크를 통해 도시재생과 문화정책의 통합 모델을 선보였다.

대전시는 과학도시라는 정체성과 문화예술의 융합을 시도하며 '예술로 실험하는 도시'를 표방했다. 대전 원도심에 '아트앤디자인밸리'를 조성하고, 문화정책과 도시계획을 결합한 문화지구 조성을 추진 중이다.

하지만 많은 국내 도시들이 여전히 문화정책을 "축제"나 "공연" 중심으로 이해하거나, 시민참여를 정책의 수사로만 활용하고 있는 것이 현실이다. 창조도시란 수단이 아니라 도시정체성의 프레임을 바꾸는 '전략'임에도 말이다.

천안은 문화도시로서의 잠재력을 이미 충분히 갖추고 있다. 충청권 최대의 인구와 경제력을 보유하고 있고, 11개 대학이 밀집한 교육도시이자, 전국 교통망의 중심지이며 수도권과의 접근성도 뛰어나다. 유관순의 독립정신, 흥타령이라는 예술적 전통, 최근에는 반도체 산업 중심지로의 도약 가능성까지. 천안은 역사성과 미래성을 동시에 지닌 도시이다.

　그러나 2019년 문화체육관광부의 법정 문화도시로 지정된 이후의 행보는 기대에 미치지 못했다. 시민 체감도가 낮고, 문화 인프라의 지역 간 불균형, 문화산업과 기술산업 간 연계 부족, 시민이 문화의 소비자에 머무는 구조 등은 앞으로 극복해야 할 과제이다. 이러한 한계를 넘어 천안을 창조문화도시로 재창조하기 위해서는 다음 다섯가지 전략이 필요하다고 본다.

　첫째, 천안의 도시계획 전반에 문화적 상상력을 이식해야 한다. 성환과 입장 등 북부권에서 도심을 거쳐 병천·목천·풍세·광덕에 이르는 문화축을 설정하고, 구도심과 신도시, 도심과 농촌을 아우르는 문화연결망을 조성할 필요가 있다. 유휴 공공시설이나 공간을 예술창작소, 커뮤니티 아틀리에, 공연·전시 공간 등으로 탈바꿈시키는 도시재생형 문화개발이 필요하다. 한때 쇠퇴했던 공업도시 리옹이 구도심을 문화지형 중심으로 재편해 도시 전체를 거대한 박물관으로 만든 사례나, 일본 요코하마가 폐창고를 예술공간으로 재탄생시킨 BankART 프로젝트는 천안에도 깊은 영감을 줄 수 있다.

둘째, 시민이 문화를 '소비'하는 데서 나아가 '창조'하는 주체가 되어야 한다. 시민 문화기획자 양성, 우리동네 문화기획실험실, 생활예술 네트워크 지원 등 일상 속 창작을 가능하게 하는 정책이 필요하다. 각 마을마다 주민극장, 음악회, 문화공방이 자생적으로 운영되도록 구조적 지원을 아끼지 말아야 한다. 서울 성북구가 마을예술창작소를 중심으로 시민주도 문화활동을 전개해온 사례나, 일본 가나자와시가 전통공예와 현대문화가 어우러지는 시민 중심 문화도시로 성장한 경험은 천안형 시민참여 모델의 가능성을 보여준다.

셋째, 천안의 산업적 특성을 살려 문화기술 기반 창의산업을 육성하는 전략도 필요하다. 반도체·기계 산업 중심지라는 강점을 문화콘텐츠, 디지털아트, XR·AR 기반 기술과 결합해 문화기술 산업화의 거점으로 전환해야 한다. 천안·아산 문화기술벨트를 조성하고, 대학 및 연구기관과 협력하여 창의산업 클러스터를 만들어야 한다. 네덜란드 아인트호벤이 디자인과 기술이 융합된 창조도시로 탈바꿈한 사례, 삿포로가 미디어아트 산업을 집중 육성해 유네스코 창의도시로 인정받은 경험은 천안에게도 도약의 좌표가 될 수 있다.

넷째, 도시경관과 교통체계 역시 문화의 시각에서 재구성되어야 한다. 천안 전역을 예술정류장, 테마 산책로, 문화순환버스로 연결하고, 천안삼거리, 천호지, 독립기념관 등 주요 공간을 '문화야경' 명소로 조성해 시민과 방문객 모두가 '걷고 머무는 도시'를 경험할 수 있어야 한다. 예술이 일상 속에서 만져지고 호흡되는 도시환경을 만들어야 한다. 프랑스 낭트가 예술을 기반으로 한 문화산책로를 조성해 도시 매력을 극대화한 사례, 일본 구마모토가 지역문화를 기반으로 도시 전반에 문화정체성을 녹여낸 방식은 참고할 만하다.

마지막으로, 문화향유의 기회를 특정 계층이나 지역에 국한하지 않고 모두에게 열어야 한다. 읍면동 간 문화 인프라 격차를 해소하고, 찾아가는 예술버스, 이동형 공연장, 마을 예술교육 프로그램 등을 강화해 현장 중심의 문화복지 체계를 갖춰야 한다. 노인, 장애인, 이주민 등 문화소외계층을 위한 예술치유 프로그램과 세대 공감형 문화활동은 도시의 포용성과 지속가능성을 높여주는 핵심요소가 될 것이다.

천안은 유관순의 독립정신, 흥타령의 예술전통, 첨단

산업의 미래 가능성을 동시에 품고 있는 도시이다. 문화는 이 모든 정체성과 비전을 하나로 연결하는 강력한 매개이며, 지속가능한 도시를 만드는 핵심 자산이다.

창조문화도시는 단순한 문화정책이 아니라 도시 행정 전반에 문화를 접목하여 도시의 품격과 활력을 높이는 재창조 전략이다. 이 길은 결코 단기간에 완성되지 않겠지만, 시민과 함께 상상하고, 계획하고, 실천한다면, 창조문화도시 천안은 결코 먼 미래의 이야기가 아닐 것이다.

요코하마의 미나토미라이 21 프로젝트

일본 요코하마의 미나토미라이 21(Minato Mirai 21) 프로젝트는 도시재생이 한 도시의 운명을 어떻게 바꿀 수 있는지를 보여주는 대표적인 사례이다. 오늘날 요코하마는 도쿄의 변두리 도시가 아니라, 젊은 층과 관광객이 찾는 활력 있는 해안도시이자 대기업 본사가 몰려 있는 국제업무도시로 자리 잡았다. 그러나 이 화려한 모습 뒤에는 40년 넘게 이어진 긴 호흡의 계획과 수많은 시행착오, 그리고 도시를 바꾸겠다는 꾸준한 의지가 있었다.

1980년대 초반, 요코하마는 전환점에 서 있었다. 중공업과 항만업 중심으로 성장한 도시였지만 산업구조가 변하면서 항만 주변은 점점 낡아갔고, 해안 지역은 도심과 단절되어 쇠퇴하고 있었다. 도쿄로 사람과 기업이 빨려 들어가는 수도권 집중 현상도 심각했다. 이 흐름을 되돌릴 새로운 도시전략이 필요했고, 그 해법이 바로 '미래의 항구'를 만들겠다는 미나토미라이 21 프로젝트였다.

이 프로젝트의 목표는 단순한 항만 재개발이 아니었다. 도시의 산업, 주거, 문화, 관광을 모두 아우르는 새로운 도시의 심장을 만들어 요코하마의 경쟁력을 되살리는 것이었다. 넓은 항만부지를 비워내고 그 위에 기업 본사, 연구개발센터, 국제회의장(MICE), 상업·문화시설, 호텔·주거지, 공원과 보행로까지 하나의 복합도시를 설계했다. 자동차보다 사람 중심의 보행 네트워크를 깔고, 해안 경관을 살린 개방형 도시로 구성한 것이 큰 특징이다.

성공요인 중 가장 중요한 것은 장기적이고 일관된 추진이다. 미나토미라이는 1983년 계획을 확정한 뒤 정권이 바뀌고 경제환경이 흔들려도 방향을 바꾸지 않았다. 40년 넘게 흔들리지 않은 마스터플랜 덕분에 기업과 시민이 미래를 믿고 투자할 수 있었고, 도시도 완성형이 아니라 "천천히 진화하는 도시"로 성장할 수 있었다.

또 하나의 성공 비결은 공공과 민간의 역할을 명확히

나누었다는 점이다. 요코하마시는 도로, 공원, 철도 같은 기반시설을 책임지고, 민간은 상업시설·업무지구·주거지 개발과 운영을 맡는 방식으로 프로젝트를 추진했다. 공공이 길을 열고 민간이 활력을 채우는 구조가 만들어지자, 닛산자동차 본사를 비롯해 수많은 대기업이 미나토미라이로 들어왔다. 기업이 들어오니 일자리가 생기고, 일자리가 생기니 청년과 관광객이 모여드는 선순환이 이어졌다.

미나토미라이가 '산업+관광+문화'가 결합된 도시로 성장한 것도 주목할 만하다. 랜드마크타워, 대형 쇼핑몰, 수족관, 박물관, 관람차가 있는 해양공원 등 다양한 문화·관광 콘텐츠가 도시의 이미지를 완전히 바꾸어 놓았다. 여기에 국제회의장과 전시장이 결합하면서 '일하러 오는 도시'이자 '즐기러 오는 도시'라는 이중의 매력을 갖추게 되었다. 해안 산책로와 보행중심 설계는 '걷고 싶은 도시'라는 브랜드를 확립하는 데 큰 역할을 했다.

하지만 미나토미라이가 처음부터 순탄하게 성공한 것은 아니다. 일본 버블경제가 붕괴한 1990년대 초반에는 오히려 사업이 흔들렸다. 민간 분양이 잘되지 않았고, 기업 유치도 계획보다 늦어졌다. "빈 도시에 거대한 건물만 서 있다"는 비판도 나왔다. 그때 요코하마시는 서둘러 규모를 키우거나 방향을 바꾸지 않고, 단계별 개발 전략으로 전환했다. 먼저 일부 구역부터 완성하고 이후 투자 속도에 맞춰 주변부를 확장하는 방식으로 조정하면서 위기를 넘겼다.

초기에는 상업·업무기능에만 치우쳐 야간과 주말이 텅텅 비는 도시라는 비판을 받았다. 이를 보완하기 위해 주거지 공급과 가족형 문화공간, 공원 조성, 야간관광 콘텐츠가 추가되면서 비로소 '살아 있는 도시'로 완성되었다. 기존 상권과의 갈등, 교통 혼잡, 유지관리 비용 증가 같은 문제도 있었지만, 지속적인 조정과 보완으로 해결해 나갔다.

미나토미라이 21이 남긴 가장 큰 교훈은 도시는 단순히 건물을 짓는 일이 아니라, 삶이 움직이는 구조를 설계하는 일이라는 점이다. 장기적인 마스터플랜, 공공과 민간의 분명한 역할 분담, 기업·문화·주거·관광을 결합한 복합도시 전략, 그리고 시민이 걸어 다닐 수 있는 보행 중심의 공간설계가 도시를 살리는 힘이 되었다.

요코하마는 한때 쇠퇴한 항만도시였지만, 지금은 일본이 가장 사랑하는 도시 중 하나가 되었다. 도시의 공간구조를 바꾸고 기능을 재배치하자 사람의 흐름이 살아났고, 그 흐름이 도시의 활력을 되살렸다. 미나토미라이는 그 과정을 40년에 걸쳐 증명해 낸 하나의 실험이자 성과였다.

한국의 지방도시, 특히 천안 같은 중핵도시가 공간혁신을 고민할 때 미나토미라이 사례는 중요한 시사점을 준다. 역세권과 도심, 산업단지, 대학가를 하나의 축으로 연결하는 도시 설계가 필요하고, 장기전이라는 각오로 정책의 일관성을 유지해야 한다는 교훈이다. 도시의 미래는 우연히 만들어지지 않는다. 미나토미라이가 보여주듯, 잘 설계된 도시공간은 도시를 다시 일으켜 세우는 가장 확실한 힘이다.

흥타령춤축제와 천안삼거리

축제는 도시가 품고 있는 역사와 문화, 정체성을 드러내는 상징적 장치이며, 그 도시가 앞으로 어떤 방향으로 가야 하는지를 비춰주는 거울이다. 천안 흥타령축제는 그 점에서 더욱 특별한 의미를 갖는다. 이 축제의 뿌리는 천안삼거리에 있고, 삼거리의 역사성은 축제의 정체성을 규정해 온 근간이었다. 그러나 최근 몇 년간 흥타령축제가 삼거리공원 리모델링으로 인해 종합운동장에서 열리며 흥타령축제는 역사성과 정체성이 약화되었다는 비판을 받았다.

종합운동장은 넓은 행사 공간, 우수한 주차 여건, 서북구 인구밀집 지역과 맞닿아 있다는 장점을 갖는다. 축제의 규모와 편의성을 고려하면 종합운동장은 분명 효율적인 선택이다. 반면 리모델링 이후의 삼거리공원은 규모가 크게 줄어 예전과 같은 대규모 행사를 감당하기 어려운 구조가 되었다. 축제를 다시 삼거리로 돌리자는 제안에 대해 우려의 목소리가 제기되는 이유이다.

그러나 삼거리공원은 단순한 공원이 아니다. 이 공간은 흥타령축제의 원형이 깃든 장소이자, 천안의 문화사와 시민들의 기억이 중첩된 상징적 무대이다. 그렇기에 삼거리 주변 동남구 주민들은 다른 목소리를 낸다. 축제장소를 원래의 자리인 삼거리공원으로 되돌려야 한다는 것이다. 이는 단지 역사성과 정체성을 지키기 위한 주장에 그치지 않는다. 문화행사 접근성이 상대적으로 낮은 동남구의 현실을 고려할 때, 삼거리공원으로의 복귀는 형평성과 문화권 보장 차원에서도 반드시 실현되어야 한다고 주장한다.

축제가 어디에서 열리느냐는 것은 장소의 문제가 아니라 서사의 문제이며, 정체성의 문제이다. 반면 행사가 제대로 운영될 수 있는 물리적 조건 역시 무시할 수 없다. 이 두 요소를 동시에 충족시키기 위해서는 새로운 방식의 접근이 필요하다.

새로운 대안은 흥타령축제를 하나의 공간에 묶어두기보

다, 프로그램의 성격과 규모에 따라 장소를 유연하게 나눠 운영하는 것이다. 예컨대 축제의 정체성을 형성하는 핵심 프로그램은 삼거리공원에서 개최하여 역사성을 이어가고, 대규모 공연과 인파가 몰리는 프로그램은 종합운동장과 같은 넓은 공간에서 운영하는 방식이다. 이는 삼거리의 상징성을 훼손하지 않으면서도, 축제 운영의 현실적 제약을 해결하는 절충안이 될 수 있다.

분산 개최는 공간의 분리가 아니라 기능의 재배치이다. 그리고 이는 천안이 가진 두 공간의 장점을 모두 활용하는 전략적 선택이 될 수 있다. 삼거리는 이야기를 담는 공간이고, 종합운동장은 축제를 확장시키는 공간이다. 두 공간이 서로 다른 역할을 맡고 하나의 축제 안에서 유기적으로 결합될 때, 흥타령축제는 과거의 유산을 지키면서도 미래로 나아가는 새로운 모델이 될 것이다.

도시는 공간에서 정체성을 찾고, 축제는 그 정체성을 시민의 일상 속으로 끌어오는 매개이다. 천안 흥타령축제가 다시 도약하기 위해 필요한 것은 어느 한 장소를 고집하는 선택이 아니라, 천안이라는 도시의 문화적 자산을 어떻게 설계하고 배치할 것인가에 대한 전략적 사고이다.

개최 장소를 둘러싼 논란은 역사성과 정체성을 중시하는 의견과 운영 효율성을 중시하는 현실적 판단이 조정되어 가는 과정일 뿐이다. 중요한 것은 '어디에서 열리느냐'가 아니라 이 축제가 앞으로 어떤 방향으로 확장되고, 어떻게 천안의 정체성과 미래를 담아낼 것인가이다.

K-컬처 박람회와 문화도시 천안의 미래

K-컬처가 세계를 흔들고 있다. 이제는 어느 나라든 'K'가 붙은 콘텐츠에 즉각 반응한다. BTS와 블랙핑크의 음악을 듣고, 기생충과 오징어게임을 시청하며, 김치를 먹고 K-뷰티 제품을 사용하는 이들이 전 세계 곳곳에 존재한다. 한국의 문화산업은 더 이상 하나의 수출 품목이 아니라, 국가 경쟁력을 떠받치는 핵심 자산으로 자리 잡았다. K-pop, K-drama, K-movie, K-food, K-beauty를 넘어 K-fashion과 K-design까지, K-컬처는 콘텐츠를 넘어 관광과 산업, 기술과 브랜드 전반으로 확장되며 강력한 시너지를 만들어내고 있다.

국가 차원에서 보면 이는 분명한 성공이다. 문화가 경제를 이끌고, 경제가 브랜드 가치를 높이며, 그 브랜드가 다시 문화를 확산시키는 선순환 구조가 작동하고 있다. 그러나 시선을 도시 차원으로 좁혀보면 상황은 달라진다. 특히 천안을 놓고 보면, 거대한 K-컬처 흐름 속에서 이 도시가 어떤 역할을 하고 있는지에 대한 질문에 쉽게 답하기 어렵다.

천안은 오랜 시간 교육과 산업, 교통의 요충지로 성장해 왔다. 수도권과 충청권을 잇는 관문 도시이자, 산업과 인구가 함께 축적된 중견 도시다. 그럼에도 문화도시로서의 정체성은 여전히 선명하지 않다. K-컬처 박람회와 같은 시도는 분명 의미 있는 도전이었다. 공연과 전시, 체험, 창업, 관광을 결합한 종합형 문화행사로 수십만 명의 관람객을 끌어들이며 외형적 성과도 거뒀다. 그러나 이러한 성과가 시민의 문화역량을 키우고, 지역 문화산업 생태계를 만들며, 천안만의 도시 브랜드로 축적되고 있는지는 냉정하게 돌아볼 필요가 있다.

문제의 핵심은 천안 문화정책 전반에 도시 정체성이 분명하게 설정돼 있지 않다는 데 있다. 유관순 열사, 독립기념관, 천안삼거리처럼 상징성과 역사성을 갖춘 문화자산은 풍부하지만, 이를 오늘의 언어로 재해석하고 현대적 콘텐츠로 발전시키는 작업은 충분히 이루어지지 못했다. 서사가 축적되지 않으니 도시 브랜드도 형성되지 못하고, 문화도시로서의 방향성 역시 흔들릴 수밖에 없다.

이 지점에서 흥타령춤축제와 K-컬처 박람회가 겹쳐 보인다. 천안에는 이미 전국적으로 인지도가 높은 흥타령춤축제가 존재한다. 반면 K-컬처 박람회는 프로그램 구성과 성격 면에서 흥타령축제와 중첩되는 부분이 적지 않다. 이로 인해 두 행사를 통합해야 한다는 주장도 힘을 얻고 있다. 여기에 행사 때마다 공무원과 관변단체 중심의 동원 방식이 반복되면서, '문화 축제'라기보다 '행정 행사'에 가깝다는 비판도 뒤따르고 있다.

그러나 두 행사를 하나로 묶는 문제는 성급하게 결론을 낼 사안이 아니다. 흥타령춤축제는 시민 참여와 생활문화, 전통과 몸의 문화에 뿌리를 둔 축제이고, K-컬처 박람회는 글로벌 콘텐츠와 산업, 트렌드를 겨냥한 기획형 행사라는 점에서 성격과 대상이 다르다. 단순히 비슷해 보인다는 이유로 통합할 경우, 그동안 각각 쌓아온 정체성과 강점이 오히려 희석될 가능성이 크다. 지금 필요한 것은 무리한 통합이 아니라, 두 행사의 역할을 분명히

하고 시기와 주제, 콘텐츠를 조정해 서로를 보완하는 구조를 만드는 일이다. 충분한 성과 평가와 시민 공감대가 형성된 이후에야 통합 여부를 논의하는 것이 바람직하며, 당분간은 '통합'보다 '연계와 협력'을 통해 시너지를 키우는 전략이 현실적이다.

더 근본적으로는 천안의 고유한 문화자산을 현대 콘텐츠로 재해석하는 작업이 시급하다. 유관순과 독립기념관, 흥타령과 천안삼거리는 단순한 역사적 기호가 아니라, 글로벌 문화 코드로 확장될 수 있는 이야기들이다. 이 서사를 디지털 콘텐츠로, 예술로, 공연과 전시로 확장하는 전략이 필요하다. 지금의 K-컬처는 결국 '스토리'로 경쟁하고 있다. 천안의 이야기를 세계가 듣게 하려면, 무엇보다 '천안만의 콘텐츠'를 먼저 만들어야 한다.

이를 위해서는 문화 생태계의 운영 방식도 달라져야 한다. 공무원이 기획하고 시민이 동원되는 구조에서 벗어나, 청년 기획자와 지역 예술인, 시민사회가 주도하는 거버넌스로 전환해야 한다. 문화재단은 기획과 연결을 담당하고, 시는 제도와 예산으로 뒷받침하며, 기업은 콘텐츠 유통과 후원에 참여하는 역할 분담이 필요하다. 자발성과 지속성이 확보되지 않으면 어떤 축제도 오래 갈 수 없다.

결국 중요한 것은 단기적인 행사 성과가 아니라 장기적인 도시 전략이다. 축제는 일회성 이벤트가 아니라 도시정책의 일부여야 한다. 연중형 프로그램을 통해 교육과 창작, 유통이 이어지고, 청년 문화 인큐베이터와 지역 기반 창작 공간, 국제 문화 교류 플랫폼이 유기적으로 연결돼야 한다. 그래야 문화가 행사에 머무르지 않고 도시의 생태로 자리 잡으며 시민의 일상이 된다.

천안이 문화도시로 도약하기 위해 필요한 것은 화려한 행사나 구호가 아니다. 도시가 어떤 이야기를 품고 있고, 그 이야기를 어떤 방식으로 시민과 세계에 전할 것인지에 대한 분명한 선택이다. K-컬처는 이미 세계가 인정한 성공의 흐름이지만, 모든 도시에 같은 얼굴을 요구하지는 않는다. 중요한 것은 '천안만의 K-컬처'를 정의하는 일이다.

도시의 역사와 산업, 시민의 삶과 미래 전략이 자연스럽게 엮인 문화정체성을 구축하고, 이를 장기적 도시전략으로 일관되게 밀어갈 때 비로소 문화는 도시의 힘이 된다. 그 길을 선택한다면 천안은 일회성 축제의 도시가 아

니라, 이야기가 축적되고 브랜드가 자라는 한류문화 거점
도시로 자리매김할 수 있을 것이다.

청년이 머무는 도시

　청년이 머무는 도시는 미래가 있다. 지방의 인구구조를 보면 이 명제가 얼마나 절박한 문제인지 금세 확인된다. 가장 역동적인 인구 집단인 청년층은 대학 진학과 취업을 계기로 대규모 이동을 반복하는데, 그 이동의 방향이 지나치게 한쪽으로만 흐르고 있기 때문이다. 비수도권에서 빠져나간 청년이 수도권과 일부 대도시에 집중되면서 지방은 비어가고 수도권은 과밀로 지쳐가는 기형적 구조가 굳어지고 있다.

　청년이 지방을 떠나는 이유는 "일자리 부족" 이상의 복합적 요인에서 비롯된다. 교육이 첫 번째이다. 상위권 대학과 선호 학과가 수도권에 몰려 있어 지방의 우수한 학생일수록 서울행을 선택하게 된다. 다음은 일자리이다. 대기업-중소기업 간 격차가 큰 한국 노동시장에서는 '좋은 일자리=수도권 일자리'라는 인식이 굳어 있다. 여기에 주거·자산 전망의 불안정성과 문화·여가·네트워크 환경의 열세까지 더해지며, 지방은 매력적인 생활 공간으로 자리 잡지 못하고 있다.

이 흐름은 결국 지방의 청년 순유출로 이어지며, 이는 지역의 미래가 통째로 수도권으로 이동하는 결과를 낳는다. 청년을 잃는 지방은 장기적으로 소멸의 길을 피하기 어렵다. 이 악순환을 끊기 위한 해법으로 유력하게 제시되고 있는 전략으로 '대학-기업-지자체(대각) 도시 공동캠퍼스 전략'이 있다, 해외에서 입증된 전략으로 대학과 도시, 산업단지가 하나의 열린 교육·문화·작업 공간으로 기능하도록 도시 전체를 재설계하는 접근이다.

대학-기업-지자체 공동캠퍼스는 교육·도시계획·산업정책을 하나의 생태계로 통합한다. 예를 들어 천안역·천안아산역 일대를 대학·연구소·창업공간·문화시설이 섞여 있는 도심 캠퍼스로 만들고, 산업단지에는 실습·연구 중심의 산단 캠퍼스를 조성하는 방식이다. 이렇게 도시 전체가 청년에게 열린 생활형 캠퍼스가 될 때, 청년은 "공부하러 떠나는 도시"가 아니라 "공부하며 일하고 살며 즐길 수 있는 도시"를 선택하게 된다.

청년이 머무는 도시에는 세 가지 생태계가 필요하다. 첫째, 안정적 주거 생태계이다. 수도권 청년의 주거비 폭등은 지방도시에 오히려 기회가 될 수 있다. 역세권 · 대학가 · 산단 주변에 공공 청년주택을 집중 공급하고 지역 근로 · 창업을 조건으로 임대료를 지원하면 지방만의 주거 경쟁력을 확보할 수 있다. 둘째, 창업 · 일자리 생태계이다. "수도권 대기업만이 성공"이라는 서사를 깨기 위해 지역에서 도전할 수 있는 산업 기반을 보여줘야 한다. 공동 R&D, 청년 창업허브, 콘텐츠 · 소프트웨어 · 문화산업 클러스터 조성이 바로 그런 전략이다. 셋째, 문화 · 생활 생태계이다. 공연장, 예술공간, 독립서점, 청년클럽, 커뮤니티가 살아 움직이는 도시만이 청년을 붙잡는다. 결국 문화는 도시가 청년에게 보내는 가장 강력한 환대의 언어이다.

천안은 이러한 전략을 실현할 수 있는 조건을 갖춘 도시이다. 수도권 전철 · KTX · SRT가 교차하는 교통축, 전국 최고 수준의 첨단 제조업 기반, 다수의 대학 · 연구기관 집적도는 청년 정주 생태계를 구축하기에 최적의 조건이다. 천안역·천안아산역 일대에는 청년주택·기숙사·스타트업 허브·문화공간을 결합한 '청년 콤팩트 시티'를 만들고, 원도심에는 대학 학과와 문화예술대학원을 유치해 도심 캠퍼스타운을 조성할 수 있다. 산업단지와 인근 학교는 산학융합캠퍼스로 연계해 기업이 교육과정에 참여하도록 제도를 바꾸면 된다.

이 모든 전략이 실효성을 갖기 위해서는 광역·기초자치단체, 대학, 기업이 참여하는 실행 거버넌스가 필수적이다. 충청권 차원의 청년 이동 데이터 공유, 메가시티 전략에 연계된 청년 네트워크 구축, 지자체 간 청년주거·문화·교통 인프라 공동기획 등이 필요하다. 무엇보다 지역 청년을 정책 설계의 주체로 참여시키는 구조가 있어야 한다.

결국 청년 정책의 핵심은 청년의 삶 전체를 지방 도시 안에서 설계할 수 있도록 기회 구조를 재편하는 것이다. 교육은 세계와 연결되는 통로가 되고, 일자리는 다양한 산업에서 능력을 펼칠 수 있는 무대가 되어야 한다. 주거는 안정된 삶의 기반, 문화는 도시의 정체성이자 청년을 맞이하는 신호가 되어야 한다. 천안이 이러한 전략을 중심에 둔다면, "지방의 경쟁력이 국가경쟁력"이라는 말은 구호가

아니라 현실이 될 것이다. 청년이 떠나는 도시에서 청년이
돌아오는 도시로의 전환, 그 출발점이 바로 청년 정주·교
육·주거 전략이다.

사람 중심의 도시

공직에 있을 때 선진 도시들을 둘러볼 기회가 여러 번 있었다. 항상 느끼는 것이지만, 잘 되는 도시는 작은 것부터 다르다는 인상을 준다. 길이 정리되어 있고, 보도는 평탄하며, 도로와 주거공간 사이에는 적절한 숲과 녹지가 있어 생활공간이 조용하고 안정감 있게 보호받는 느낌이 있다. 골목마다 크고 작은 공원이 숨어 있고, 쓰레기통 하나, 가로수 한 그루까지 체계적으로 관리되는 것을 보면 도시를 대하는 행정의 태도가 느껴진다.

우리나라 역시 짧은 시간에 놀라운 발전을 이루어 이제는 다른 나라 공무원들이 벤치마킹하러 오는 수준이 되었다. K-방역, 분리수거 체계, 디지털 행정 등 자랑할 성과가 적지 않다는 점은 분명하다. 그러나 더 높은 수준의 도시로 도약하기 위해서는 우리 스스로에 대한 자부심과 함께, 선진 도시들이 어떻게 "사람 중심의 도시"를 만들어 가고 있는지 배우려는 태도가 필요하다.

20세기 도시의 패러다임은 분명 자동차 중심이었다. 도로를 넓히고, 교차로를 입체화하고, 차량 흐름을 빠르게 하는 것이 도시계획의 핵심처럼 여겨졌던 시대가 있었다. 그 결과 교통혼잡, 대기오염, 보행공간 부족, 도시의 단절과 소외 같은 부작용도 함께 심화되었다. 이런 문제를 반성하며 등장한 개념이 바로 "보행친화도시", "사람 중심의 도시"이다. 보행친화도시는 자동차가 아니라 사람에게 초점을 맞춘 인본주의적 도시·교통계획 패러다임으로, 이동성보다 접근성과 생활의 질을 중시하는 방향 전환을 의미한다는 분석이 국내 연구에서도 제시되어 있다.

OECD와 국제기구들도 최근 보고서에서 "사람 중심의 도시 디자인"을 지속가능성과 삶의 질을 동시에 높이는 핵심 전략으로 강조하고 있다. 걷기 좋은 거리, 대중교통과 자전거를 중심에 둔 교통체계, 공원과 공공공간에 대한 접근성을 높이는 도시구조가 기후변화 대응과 시민 행복을 함께 달성하는 중요한 수단이라는 것이다.

대한민국의 수도 서울은 이미 이 방향으로 움직이고 있는 도시이다. '걷는 도시, 서울' 정책과 보행친화도시 전략을 통해 차 없는 거리, 보행환경 개선지구, 보행자 우선도로 같은 정책을 추진하고 있고, 이는 대중교통 이용 증가, 유동인구 확대, 주변 상권 매출 증가 등 가시적인 성과를 보이고 있다는 연구 결과가 나오고 있다.

2040 서울도시기본계획은 한 걸음 더 나아가 "보행 일상권"을 핵심 개념으로 제시하면서, 주거지를 중심으로 업무·교육·쇼핑·여가·문화 활동을 도보 30분 안에 누릴 수 있는 자족적 생활권 도시를 목표로 삼고 있다. 도시를 "차량이 통과하는 공간"이 아니라 "사람이 살고 머무는 생활권"으로 재편하겠다는 선언이다.

세계 도시의 흐름도 비슷하다. 바르셀로나의 '슈퍼블록(Superblock)'처럼 자동차 통행을 제한한 블록 안에서 보행과 자전거, 공원을 우선하는 모델, 코펜하겐의 자전거·보행 중심 도시전략, C40 네트워크가 제시하는 "사람 중심의 그린 네이버후드" 개념 등은 공통적으로 도로공간을 재배치해 보행·자전거·녹지에 더 많은 공간을 할당하는 방향으로 나아가고 있다. 도시가 사람을 위해 설계될 때 기후 목표와 삶의 질이 동시에 향상된다는 것이다.

천안은 충남의 수부도시이자 산업·교통의 요충지이다. 산업단지와 기업, 대학과 연구기관이 밀집해 있고, 인구 70만 명을 넘어 100만 도시를 향해 가는 성장 도시이다. 그러나 시민의 눈으로 도시를 바라보면, 여전히 "사람 중심"이라고 말하기 어려운 지점이 많다는 사실을 부인하기 어렵다.

좁은 인도에 가로수와 전봇대, 가로등, 통신함 같은 각종 지장물이 빼곡하게 들어서 있는 곳이 적지 않고, 보도의 단차와 파손, 경사진 구간은 노약자·어린이·유모차·휠체어 이용자에게 위험 요소가 되고 있다. 생활도로에서도 차량 속도와 주차가 우선이고, 보행자는 늘 양보를 강요받는 입장에 놓여 있는 경우가 많다. 쓰레기 배출과 수거 시스템, 야간 조명과 골목길 안전, 어린이와 보행약자를 위한 세심한 배려도 아직은 부족한 부분이 많다는 것이 시민들의 체감적 인식이다.

천안이 앞으로 50년을 내다보는 도시비전을 세우려면 "경제·산업 중심 전략" 위에 "사람 중심 도시전략"을 반드시 엎어야 한다는 것이 나의 생각이다. 산업이 도시를 키웠다면, 앞으로는 사람이 도시의 품격을 결정하는 시대이기 때문이다.

사람 중심 도시전략은 결국 추상적인 구호가 아니라 행정의 섬세함으로 완성되는 일이다. 사람이 걷는 길, 머무는 공간, 숨 쉬는 공기를 어떻게 설계하고 관리하느냐가 관건이라는 뜻이다. 이를 위해 천안이 벤치마킹하고 구체화할 수 있는 방향을 몇 가지로 정리해 보고자 한다.

첫째, 보행과 생활권 중심의 도시공간 재편이다. 2040 서울플랜이 제시한 "보행일상권" 개념처럼, 천안도 주거지 중심의 10~30분 생활권을 기본 단위로 보는 도시전략이 필요하다.

아이가 학교와 도서관, 작은 공원과 문화공간을 걸어서 오갈 수 있고, 어르신이 병원과 복지시설, 전통시장과 공원을 짧은 거리 안에서 이용할 수 있는 구조가 사람 중심 도시의 출발점이다. 이를 위해 보행환경 개선지구, 보행자 우선도로, 생활가로 정비 사업을 체계적으로 지정·확대하고, 신도시와 구도심을 아우르는 보행 네트워크를 설계해야 한다.

　둘째, 도로공간의 재배치와 보행약자 우선 원칙이다. 서울이 차로를 줄이고 보도를 넓히며, 보행약자 안전시설을 강화해 온 것처럼 천안도 도로 설계 기준 자체를 "차량 우선"에서 "보행·자전거·대중교통 우선"으로 전환해야 한다. 좁은 인도에 가로수를 심고 전봇대·가로등을 세우는 관행에서 벗어나, 인도의 지장물을 화단·시설녹지·별도 공간으로 옮기는 작업이 필요하다. 그 과정에서 설계·시공 단계부터 보행 시뮬레이션을 도입하고, 보행약자·장애인·유모차 이용자의 시선에서 위험 요인을 점검하는 제도를 도입해야 한다.

　셋째, 쓰레기·청결·환경 관리의 시스템화이다. 프랑스나 유럽 도시들처럼 규격화된 쓰레기통과 수거체계를 도입해, 무단투기와 노출형 쓰레기 배출로 인한 도시 미관 훼손을 줄이는 방향을 검토할 필요가 있다. 분리수거를 세계 최고 수준으로 수행하는 시민에게 걸맞은 시스템을 갖추는 것이 행정의 몫이다. 상습적인 무단투기 지역에 대한 데이터 분석, 수거시간·방식의 조정, 스마트 센서를 활용한 수거 효율화 등도 충분히 시도해 볼 과제이다.

넷째, 생활 속 공원·녹지와 공공공간의 촘촘한 배치이다. OECD와 여러 연구에서 공원·녹지 접근성이 시민의 건강과 행복에 미치는 영향이 반복해서 강조되고 있다. 천안 역시 대형 공원 몇 개에 의존하는 방식에서 벗어나, 마을 단위 공원, 골목길 쉼터, 학교·주거지 주변의 미니 숲 조성을 통해 "걸어서 닿는 녹지망"을 구축해야 한다. 도시재생 사업, 역세권 개발, 신도시 조성에 이 원칙을 일관되게 반영하는 것이 중요하다.

다섯째, 섬세한 안전·복지 인프라 구축이다. 사람 중심 도시전략은 보행과 경관을 넘어, 안전·복지·돌봄 체계를 생활권 단위로 촘촘하게 짜는 일과도 직결된다. 골목길 방범·조명, 어린이보호구역·실내외 놀이터, 고령자 돌봄거점, 장애인 편의시설을 생활권별로 표준모델화하고, 행정이 선제적으로 점검·보완하는 시스템을 갖추어야 한다. 시민이 늘 불편을 제기해야 움직이는 행정이 아니라, 먼저 찾아보고 고치는 "프리미엄 행정서비스"를 제공하는 것이 사람 중심 행정의 핵심이다.

여섯째, 시민참여와 데이터 기반 행정의 결합이다. 사람 중심 도시는 책상 위에서 설계할 수 없는 도시이다.

OECD가 강조하는 것처럼, 사람 중심 도시 디자인은 시민과의 상호작용, 생활 경험의 반영, 데이터 기반 분석이 결합될 때 비로소 효과를 발휘한다는 평가가 많다.

천안 역시 생활불편 신고, 시민 제안, 현장 모니터링을 데이터베이스화하고, 이를 도시계획·도로설계·공원조성·치안계획에 반영하는 시스템을 구축해야 한다.

정리해 보면, 천안이 지향해야 할 사람 중심 도시는 다음과 같은 모습이라고 생각한다.

첫째, 아이와 어르신, 장애인과 보행약자가 안심하고 걸을 수 있는 도시이다.
둘째, 주거·일자리·교육·문화·복지·공원이 생활권 안에서 연결된 도시이다.
셋째, 도로와 보도, 공원과 골목, 쓰레기와 가로수가 섬세하게 관리되는 도시이다.
넷째, 시민의 경험과 제안이 행정의 출발점이 되는 도시이다.

천안은 이미 산업과 인구, 인프라 면에서 많은 것을 갖추고 있는 도시이다. 이제 필요한 것은 "얼마나 더 크게 성장할 것인가"보다 "얼마나 더 사람답게 살 수 있는 도시가 될 것인가"라는 질문에 답하는 일이라고 생각한다. 사람 중심 도시전략과 섬세한 행정은 그 질문에 대한 가장 현실적인 해답이다. 천안이 산업과 교통의 중심을 넘어, 사람과 삶의 중심 도시로 거듭나기를 기대한다. 그리고 그 변화는 큰 담론에서 시작되기보다, 시민이 오늘도 오가는 인도 한 칸, 골목길 하나를 어떻게 바꿀 것인가를 고민하는 섬세한 행정에서 시작된다고 믿는다.

걷고 뛰고 즐기는 도시

도시는 커질수록 더 많은 것을 갖추게 되지만, 시민의 삶이 그만큼 고르게 나아지는 것은 아니다. 인구 70만을 넘긴 천안 역시 외형상으로는 충청권 최대 도시로 성장했지만, 일상의 질을 구성하는 요소들, 특히 체육과 건강의 영역에서는 여전히 뚜렷한 격차를 안고 있다. 체육은 취미나 여가의 문제가 아니라, 도시가 시민에게 제공하는 기본적인 생활 인프라이다. 체육의 접근성이 곧 삶의 질을 결정하는 시대에, 천안의 체육 구조는 도시의 성장 속도를 따라오지 못하고 있다.

가장 두드러진 문제는 권역별 체육 인프라의 불균형이다. 서북구에는 수영장과 실내체육관, 경기장이 집중되어 있지만, 동남구 남부권과 동부 읍면지역은 필수적인 공공

체육시설조차 부족하다. 신방·청당·봉명, 목천·입장·북면·수신 일대는 이미 수십만 명이 거주하는 생활권이 되었음에도, 시민이 일상적으로 이용할 수 있는 수영장이나 다목적 체육관을 찾기 어렵다. 같은 천안에 살면서도 어떤 시민은 걸어서 체육관에 갈 수 있고, 어떤 시민은 자동차로 20~30분을 이동해야 운동을 할 수 있다. 체육의 공간적 불평등이 그대로 건강 격차와 삶의 질 격차로 이어지고 있는 것이다.

이 문제는 단순히 시설의 숫자가 부족해서가 아니다. 고령화와 저출산, 청소년의 신체활동 감소라는 구조적 변화 속에서 체육은 복지와 예방의 핵심 인프라가 되었지만, 천안의 체육정책은 여전히 '경기장'과 '이벤트' 중심의 사고에서 크게 벗어나지 못하고 있다. 장애인과 여성, 고령층, 청소년을 위한 맞춤형 체육공간과 프로그램은 충분하지 않고, 학교 체육시설 역시 지역사회에 충분히 개방되지 못하고 있다. 생활체육과 장애인체육, 청소년체육이 하나의 생태계로 연결되지 못한 채 조각나 있는 셈이다.

대형 체육시설의 구조적 한계도 분명하다. 인구 70만의 도시임에도 천안에는 사실상 유관순체육관 한 곳만이 대형 실내체육관 역할을 하고 있다. 그러나 이 시설은 프로배구단 홈구장 중심으로 운영되면서 시민 대관과 공공적 활용, 전국 규모 행사 유치에는 제약이 크다. 그 결과 천안은 교통과 숙박 여건을 갖추고도 대형 스포츠대회, e스포츠, K-컬처 공연, 전시·박람회를 충분히 유치하지 못하고 있다. 대형 실내 아레나는 단순한 체육시설이 아니라, 도시의 관광과 문화산업, MICE 산업을 함께 끌어올리는 전략 인프라인데, 이 축이 비어 있는 상태가 지속되고 있는 것이다.

이런 맥락에서 김태흠 충남지사가 제시한 5만 석급 돔구장 구상은, 충청권을 단순한 '중간 규모 지역'이 아니라 수도권과 어깨를 나란히 하는 문화·스포츠 권역으로 끌어올리려는 장기적 도시 전략으로 읽을 수 있다. 수도권에 쏠려 있던 대형 스포츠 이벤트와 글로벌 공연, 국제 전시를 충청권으로 끌어오겠다는 발상 자체가 지역균형발전과 문화 분산이라는 측면에서 적지 않은 의미를 갖는다. 특히 KTX 천안아산역을 축으로 한 광역 교통망과 결합될 경우, 이 돔구장은 천안을 넘어 충청권 전체를 대표하는 스포츠·문화 거점으로 성장할 가능성도 충분하다.

물론 이런 초대형 프로젝트가 성공하려면 막대한 건설비와 운영비, 가동률, 지역 연계라는 현실적인 장벽을 넘어야 한다. 그래서 돔구장은 공공이 혼자 떠안는 방식이 아니라 민간 자본과 글로벌 운영사, 콘텐츠 기업이 함께 참여하는 복합개발 모델로 설계돼야 하고, 스포츠와 공연·전시·관광·숙박·엔터테인먼트가 결합된 안정적인 수익 구조와 전문 운영 체계를 갖춰야 한다. 동시에 훈련 시설과 스포츠과학센터, 유소년 아카데미, 지역 학교와 클럽을 연결하는 프로그램을 통해 충청권 스포츠 인재와 산업의 허브로 기능하도록 해야 한다. 다만 이 모든 구상이 진정한 힘을 가지려면, 돔구장이 이벤트와 관광의 상징물에 머무르지 않고 생활권 안의 수영장과 다목적 체육관, 공공 운동시설, 그리고 동부·남부·동남권의 생활체육 거점들과 유기적으로 맞물릴 때 비로소 천안의 체육 생태계는 균형을 갖추게 될 것이다.

천안이 가진 또 하나의 중요한 자산은 대한민국 축구종합센터다. 이 시설은 단순한 훈련장이 아니라, 스포츠 데이터와 영상분석, 재활과 헬스케어, 지도자 교육과 스포츠테크 기업을 결합할 수 있는 플랫폼으로 확장될 수 있다. 축구종합센터가 돔구장, 대형 아레나, 지역 체육시설과 유기적으로 연결된다면, 천안은 경기 개최 도시를 넘어 스포츠 연구·교육·산업이 함께 움직이는 중부권 스포츠 허브로 발전할 수 있다.

체육은 경기장과 체육관에서만 이뤄지지 않는다. 하천변 산책로와 자전거길, 저수지 둘레길과 산림 등산로, 학교 운동장은 시민의 일상 속 체육 공간이다. 천안은 자연자산이 풍부한 도시임에도 자전거도로의 단절, 보행과 차량의 혼재, 안전시설 부족, 학교체육시설의 폐쇄적 운영으로 이 잠재력을 충분히 살리지 못하고 있다. 하천과 저수지, 공원과 학교가 하나의 네트워크로 연결될 때, 체육은 특정 계층의 활동이 아니라 도시 전체의 생활양식이 된다.

체육정책은 흔히 부수적 분야로 취급되지만, 실제로는 도시의 건강과 교육, 산업과 관광을 동시에 좌우하는 전략자산이다. 생활체육 인프라가 고르게 깔릴수록 의료비는 줄고 공동체는 활력을 얻으며, 청소년은 더 건강하게 성장한다. 스포츠산업이 자리 잡을수록 일자리와 방문객이 늘어난다. 천안이 체육도시가 된다는 것은 경기 성적이 좋은 도시가 된다는 뜻이 아니다. 모든 시민이 공정하게 운동할 수 있고, 스포츠가 산업과 문화로 확장되는 도시가 된다는 의미다.

　도시는 도로와 아파트만으로 완성되지 않는다. 사람이 걷고, 뛰고, 함께 땀 흘릴 수 있을 때 비로소 살아 있는 도시가 된다. 체육은 그 출발점이며, 천안이 다음 단계로 나아가기 위해 반드시 다시 설계해야 할 도시 인프라다.

제6부
지방행정 역량강화방안

지방자치제의 발전방향

    한국의 지방자치는 제도적 틀만 보면 꽤 성숙해 보이지만, 실제 운영은 여전히 중앙의 통제 아래 제한적으로 작동한다. 지방정부가 주민과 가장 가까운 복지, 교육, 문화, 도시정책을 수행하지만, 사업의 기본 방향과 세부 기준은 중앙부처가 정하고 예산도 중앙에서 배분하는 구조가 유지되고 있다. 지방선거 역시 지역의 정책 경쟁이 아니라 중앙정치의 연장선이 되어버린 지 오래이다.

    이렇다 보니 정부 부처는 지역정책까지 사실상 관장하며 지방정부는 중앙의 사업 공모와 예산 확보에 과도한 행정력을 소모한다. 지방의 장기 전략과 산업 구조혁신보다 "얼마나 많은 국가사업을 따왔는가"가 성과처럼 평가되는 풍토도 생겼다. 그 결과 지역의 창의적 정책 실험은 제한되고, 지역 간 격차를 줄이기 위한 장기 계획도 흐트러지기 쉽다.

지방자치가 실질적으로 작동하려면, 지방정부가 주민의 삶을 중심으로 정책을 설계하고 자원을 배분할 권한을 가져야 하는데, 지금은 지방정부가 국민의 눈앞에서 행정을 수행하면서도 방향은 중앙이 정하는 모순적 구조에 갇혀 있는 셈이다.

우리나라 지방재정의 가장 심각한 구조적 문제는 세입과 세출이 어긋나 있다는 점이다. 지자체는 복지 지출 확대, 노후 인프라 교체, 지역산업 전환, 재난 대응 등 필수적이고 고비용의 사업을 처리해야 하지만, 이를 뒷받침할 수 있는 지방세 기반은 취약하다.

대다수 지자체는 자체수입만으로는 재정 수요를 감당할 수 없어 지방교부세, 조정교부금, 국고보조금 등 중앙의 이전재원에 의존한다. 문제는 이 이전재원이 단순한 지원이 아니라, 중앙이 사업 목적과 기준을 정해 지방의 자율성을 제한하는 통제 수단이 되어 왔다는 점이다.

국고보조사업은 수백 개에 이르며, 부처별로 세부 기준과 절차가 다르다. 지방정부는 지역에 필요하지 않은 사업이라도 공모에 참여해 예산을 확보하려고 하는 경우가 많다. 이런 구조에서는 지역의 장기 전략보다 "사업에 맞추기 위한 행정"이 먼저 될 수밖에 없다.

최근 확대된 지방소멸대응기금과 각종 특별회계도 원칙은 훌륭하지만, 실 사용 내역을 보면 사회적 인프라 확충이나 인구유입 전략보다는 체육시설 설치, 문화센터 건립, 단기 행사 등 '눈에 보이는 사업' 위주로 흘러가는 경향이 적지 않다. 재정의 투입이 지역의 미래를 위한 전략적 투자로 이어지지 못하고 있는 것이다.

한국의 지방재정이 지속가능해지려면, 지방이 자체 세원을 더 확보하고 필요에 따라 재원을 조정할 수 있어야 한다. 재정분권이 선언만으로 끝나지 않으려면, 지방소비세·지방소득세 비중 확대, 지방세 이양, 목적세 정비 등 구조적 대책이 병행되어야 한다.

지방행정의 운영 체계는 중앙 – 광역 – 기초로 층층이 나뉘고, 그 아래 지방공기업과 출자출연기관까지 더해져 매우 복잡하다. 이 과정에서 유사 기능이 반복되고, 정책 책임 소재는 불명확해지며, 행정 절차는 늘어난다.

복지·재난·도시계획·환경과 같이 광역과 기초가 함께 관여하는 분야에서는 "누가 최종 책임을 지는가"가 명확하지 않아 대응이 지연되거나 혼선이 생기는 경우도 많다. 재난 대응에서 기초지자체가 현장 대응을 맡고 광역이 조정 역할을 하도록 되어 있지만, 실제 상황에서는 권한과 책임의 경계가 분명치 않다.

지역사회와의 거버넌스 역시 구조적 취약성을 안고 있다. 주민참여예산제는 제도적으로 자리 잡았지만 많은 지자체에서 형식적 의견 수렴 절차에 머무르고 있다. 지역의회도 중앙당 공천 구조에 묶여 독립성을 확보하기 어려운 경우가 많다.

인구감소가 빠르게 진행되는 시군구는 행정 수요는 계속 늘어나는 반면 인력과 재정은 줄어들어 운영 부담이 커지고 있다. 작은 지자체가 광역 수준의 사무를 모두 처리하는 현 구조는 지속 가능하지 않다. 그럼에도 행정구역 개편이나 자치단체 통합 논의는 지역정치의 반발과 이해관계 충돌 때문에 시작조차 하기 어렵다.

한국 지방행정·재정 개혁은 선언이나 예산 증액 차원이 아니라, 국가 전체 구조를 다시 짜는 일이다. 그동안 논의되어온 개혁방향을 요약해보면 다음과 같다.

첫째, 중앙과 지방의 기능을 근본적으로 재설계해야 한다. 복지, 보육, 지역경제, 도시재생처럼 지역성이 강한 분야는 지방이 담당하고 중앙은 최소 기준과 정책평가, 조정 역할에 집중해야 한다. 지방에서 스스로 실험하고 실패도 경험할 수 있어야 진짜 자치가 가능하다.

둘째, 지방세 기반을 강화하고 이전재원 구조를 단순화해야 한다. 지금처럼 세원이 중앙에 집중되어 있으면 지방은 항상 중앙의 결정을 기다릴 수밖에 없다. 지방소비세 비중 확대, 교통·환경·교육·주류 등 목적세 정비, 자동차세, 담배소비세, 농어촌특별세 등 일부 국세의 지방세화는 중장기적으로 피할 수 없는 과제이다. 다만 지역 간 재정격차가 심해지지 않도록 조정교부금·교부세의 수평 조정 기능을 강화해야 한다.

셋째, 재정운용 방식도 '사업 중심'에서 '성과 중심'으로 바꿔야 한다. 현재의 공모사업·보조사업 중심 구조에서는 혁신이 나오기 어렵다. 중기재정계획과 성과기반예산을 실질화하여, 지자체가 3~5년 단위 지역 전략과 성과지표를 스스로 설정하고 이를 기반으로 예산을 조정하도록 해야 한다. 사업을 늘리는 것이 아니라, 무엇을 성과로 삼을지 명확히 하는 행정으로 전환해야 한다.

넷째, 행정체계를 인구 현실에 맞게 조정해야 한다. 지방정부 간 자율통합과 광역 연합은 선택이 아니라 필수이다. 특정 지역은 독자적으로는 인구, 산업, 재정 규모에서 한계가 분명하다. 교통·환경·산업·교육과 같은 광역 단위 사무는 메가시티나 광역연합을 통해 공동처리하는 모델이 현실적이다.

마지막으로, 지방의 행정역량과 거버넌스를 강화해야 한다. 자치의 확대는 공무원의 전문성과 책임을 높이는 제도 개편이 병행될 때 비로소 효과를 낸다. 정책기획, 도시설계, 복지조정, 데이터 분석 등 핵심 기능을 강화하고, 주민참여와 공론화 제도를 통해 지역사회가 정책 형성에 참여할 수 있는 통로를 확대해야 한다.

한국 지방행정과 재정의 구조적 한계를 그대로 둔다면, 지방소멸은 더 빨라지고 국가 전체의 경쟁력도 약화될 수밖에 없다. 지방이 살아야 나라가 산다는 말은 단순한 슬로건이 아니라, 현재 한국이 직면한 가장 현실적이고 절박한 명제이다. 이제는 중앙집권적 구조 속에 지방을 묶어두는 시대를 넘어, 권한과 책임, 재원을 온전히 재배치하는 진짜 분권의 길로 나아가야 한다.

지방행정의 역량강화 방안

　지방행정의 개혁은 결국 '사람'의 문제이다. 어떤 조직이든 경직되고 전문성이 떨어지면 성과는 나오지 않는다. 최근 국내 연구들이 공통적으로 지적하는 것도 이 지점이다. 재정·제도·기반시설보다 중요한 것이 바로 행정 역량이며, 이 역량의 핵심은 인적 자원이라는 것이다. 신산업, 도시계획, 복지, 환경, 디지털 전환 등 빠르게 변하는 정책 환경에 대응하기 위해서는 공직사회의 전문성을 키워야 한다는 주장이 커지고 있다.

　전문직 공무원제 도입은 그 대안 중 하나이다. 미국과 유럽의 지방정부는 이미 직류별 전문성을 강화하고 특정 분야 인재를 장기적으로 육성하는 제도를 정착시켰다. 독일의 도시계획·교통·환경 전문공무원은 20년 넘게 동일 분야에서 경력을 쌓고, 스웨덴과 네덜란드는 사회복지·보건 분야에서 전문직 공무원이 중심이 되어 정책을 설계한다. 반면 한국은 순환보직 관행 때문에 전문가를 키우기 어렵다. 한 공직자는 2~3년마다 보직이 바뀌고, 업무 맥락을 이해할 즈음 다른 부서로 이동한다. 순환보직 중심의 인사제도는 폭넓은 경험을 함양할 수 있다는 장점은 있지만 이 시대가 필요로 하는 전문가를 키우기는 어렵다. 일반직 중심의 공무원 제도와 순환보직중심 인사제도의 개선을 진지하게 검토해봐야 하는 이유이다.

성과 중심 인사체계 전환도 더 이상 미룰 수 없다. 공무원의 성과평가는 대체로 형식적이어서 조직 내 경쟁과 동기부여 효과가 크지 않다. OECD는 한국 공공부문의 경직된 인사구조를 반복적으로 지적하면서 "성과와 역량에 기반한 인력관리"를 강조해왔다. 성과 중심 인사는 성과를 내지 못한 사람을 벌하는 것이 아니라, 잘한 사람에게 기회를 더 주고 혁신적 시도를 장려하는 구조를 만드는 것이다. 그래야 조직이 살아 움직인다.

지방행정 개혁의 또 하나의 축은 공직윤리와 책임성을 높이는 일이다. 최근 여러 지자체에서 발생한 비리·

갑질·정보유출 사건은 주민의 신뢰를 심각하게 저하시켰다. 지방의회와 집행부 간의 갈등과 견제 실패가 반복되고, 인허가·조달 과정에서 공정성과 투명성이 흔들리는 사례도 적지 않다. 이해충돌 방지제도를 강화하고, 정책결정 과정에 주민 참여를 확대해 공직의 책임성을 높여 나가야 한다. 특히 예산·계약·인허가를 다루는 부서는 보다 엄격한 윤리 기준과 외부 감시 체계를 마련해야 한다.

MZ세대 중심으로 공직문화가 빠르게 바뀌는 현실도 무시할 수 없다. MZ 세대는 안정성보다 성장과 보람, 소통과 공정성을 중시한다. 지방정부 조직이 여전히 상명하복 중심 구조에 머문다면 젊은 인재를 붙잡아둘 수 없다. 수평적 의사소통, 유연근무 확대, 프로젝트 기반 협업, 디지털 업무 환경 조성 등으로 변화하는 환경에 적극 대응해야 한다. 중앙정부가 추진하고 있는 디지털 플랫폼 협업 방식과 부처 간 프로젝트 팀 운영은 지방정부에도 충분히 적용될 수 있다. 오히려 지자체는 인력 규모가 작아 변화가 더 빠르게 이뤄질 수 있다.

결국 지방행정의 개혁은 인사·조직·문화·전문성을 동시에 손보는 종합 작업이다. 법과 제도를 조금 바꾸는 것만으로는 충분하지 않다. 전문직 공무원의 양성, 성과 중심 보상제도, 윤리 기반 조직운영, 청년 중심의 조직문화, 지역 인재순환 구조까지 하나의 생태계로 묶여야 한다. 그래야 지방정부가 새로운 산업정책을 설계할 수 있고, 재정 혁신이나 규제개혁 같은 다른 개혁과제도 실제로 실행될 수 있다.

지방이 스스로 경쟁력을 갖추기 위해선 결국 사람의 문제를 해결해야 한다. 관성과 관료주의의 틀을 넘어 전문성과 책임, 혁신과 윤리가 살아있는 조직으로 전환될 때 지방행정은 비로소 지역의 미래를 설계하는 진짜 주체가 될 것이다.

지방재정혁신의 방향

　지방의 경쟁력이 국가경쟁력이라는 말은 결코 과장이 아니다. 우리 사회의 산업·주거·복지·교육·환경·기후 대응 등 국가가 수행해야 할 기능의 절반 이상이 이미 지방정부의 책임 영역으로 넘어온 지 오래이다. 중앙정부가 방향을 제시하더라도 실제 사업을 설계하고 집행하는 주체는 결국 지방이다. 그리고 이 모든 역할을 실질적으로 움직이게 하는 동력은 재정이다. 지방이 어떤 전략을 세우든, 그 전략이 종이 위에 머물지 않고 현실이 되기 위해서는 재정의 안정성과 자율성이 필수적이다. 지방재정 문제를 기술적 회계논리가 아니라 국가경쟁력의 기초 문제로 접근해야 하는 이유가 여기에 있다.

　지방재정이 놓인 현실을 직시하면 문제는 더 선명해진

다. 인구 구조 변화는 이미 재정에 직접적인 압박을 가하고 있다. 전국 228개 지방자치단체 중 절반 이상이 인구 감소 지역으로 분류되고, 89곳은 '지방소멸위험지역'으로 지정됐다. 고령화가 빠르게 진행되면서 노인돌봄·장기요양·기초연금 등 복지지출은 매년 꾸준히 늘고 있다. 이에 더해 기후위기 대응 비용도 지방정부의 중요한 재정 부담으로 떠올랐다. 하천 정비, 침수대책, 탄소중립 이행계획, 신재생에너지 인프라 구축 등 지방정부가 해야 할 역할과 책임이 커지고 있다. 사회 기반시설의 노후화 문제도 심각하다. 도로·교량·상하수도관 등 공공시설물들이 대부분 교체 시기를 맞고 있다. 문제는 지출 수요는 증가하는데 지방정부가 자유롭게 조정 가능한 재량재원은 오히려 줄어들고 있다는 것이다.

이는 숫자에서도 나타난다. 전체 조세 중 지방세 비중은 약 20% 수준이며, OECD 평균(약 30~40%)과 비교하면 매우 낮은 편이다. 반면 지방재정의 50% 이상이 중앙정부의 교부세·국고보조금 등 이전재원으로 구성된다. 이러한 구조에서는 지방이 지역 수요에 맞게 정책을 추진하기 어렵다. 국고보조사업은 용도가 세부적으로 제한되어 있고, 집행기준과 절차가 촘촘해 지역의 특수성을 반영하기 어렵다. 중앙부처가 공모사업 방식의 사업을 추진하는 것도 부작용이 적지 않다. 지자체는 사업에 선정되기 위해 행정력을 소모하며 자부담 예산을 짜내야 한다. 이런 방식은 지방재정의 효율성을 떨어뜨리고 지방행정의 중앙 종속을 더욱 공고하게 만든다.

해외 사례를 보면 우리와 다른 구조가 선명하게 대비된다. 독일은 지방세^(영업세·재산세)와 연방 공동세(부가가치세·소득세) 배분을 통해 일정한 세입 자율성을 보장한다. 여기에 연방정부와 주정부가 참여하는 '수평·수직 재정조정제도'를 운영해 지역 간 재정격차를 크게 완충한다. 일본 역시 '지방소비세 확대 → 지방교부세 배분 → 지역 간 균형 완화'라는 조합을 유지하고 있다. 2000년대 트리니티 개혁 이후 지방재정의 자율성과 긴장도가 동시에 높아졌고, 지자체는 지역 특성에 맞는 수입·지출 구조를 스스로 만들어가고 있다. 북유럽의 재정구조는 더 극명하다. 스웨덴·덴마크 등은 지방정부가 주민소득세를 직접 부과하고 지방세 비중도 50%에 육박한다. 자율성이 높은 만큼 지방정부의 책임성·투명성도 강하게 요구되고, 이는 곧 공공서비스 품질의 안정성과 연결된다.

지방재정 개혁을 위해서는 지방세의 비중을 확대하는 것이 무엇보다도 중요하지만 중앙과 지방 재정관계를 규정하는 보조금 제도를 개혁해야 한다. 국고보조사업 중심의 현 구조는 지방의 자율성을 제약할 뿐 아니라 사업 집행 과정에서 불필요한 행정비용을 발생시킨다. 보조금 포괄화, 지방세 권한의 합리적 확대, 지방교부세 산식 개선 등은 단순한 분권 요구가 아니라 지역이 스스로 정책을 설계하고 실행할 능력을 확보하기 위한 핵심 인프라이다.

지방세의 비중을 확대하는 방향으로 가야하지만 지자체 차원의 노력도 긴요하다. 이를 위해서 먼저 지역의 산업·도시 전략과 재정을 긴밀하게 연계할 필요가 있다. 기업유치·산업단지 개발·도시재생·혁신거점 조성을 통해 세원이 확대되도록 구조를 설계하고, 공유재산을 '수익 창출형 자산'으로 전환하는 등 세외수입 확대에도 박차를 가해야 한다. 공공시설 운영방식도 유지 위주의 관행에서 벗어나 운영 효율화와 수익화 가능성을 검토해야 한다. 이러한 변화는 재정 확충뿐 아니라 지역 정책의 지속가능성을 높이는 효과도 크다.

지출 구조 개혁도 중요한 과제이다. 예산의 경직성은

이미 지적되어 왔지만, 실제로 중복사업 통합이나 불필요한 사업 정비를 본격적으로 추진한 사례는 많지 않다. 사업 구조조정은 단기간에 눈에 띄는 성과를 만들기는 어렵지만, 장기적으로는 재정의 체질을 개선하는 가장 효과적인 방식이다. 성과기반 예산과 중기재정계획을 실질적으로 작동하게 만들고, 대규모 사업은 기획 단계에서부터 재원조달 방식을 명확하게 설계해야 한다. 단년도 예산 중심으로는 복잡한 현대 도시문제를 풀 수 없다.

재정의 투명성과 주민참여는 이 모든 개혁을 떠받치는 조건이다. 재정 정보가 충분히 공개되고, 대규모 사업의 재정영향 분석이 주민에게 설명되며, 주민참여예산이 실질적으로 운영될 때 지방정부는 신뢰를 얻는다. 재정 투명성 제고를 통해 주민의 신뢰와 만족도를 높이고, 정책 수용성을 강화해야 한다. 재정은 숫자만의 문제가 아니라 절차를 어떻게 운영하느냐에 따라 신뢰가 달라지는 영역이다.

지방재정의 구조개혁은 선택이 아니라 필수이다. 재정의 체질이 바뀌지 않으면 어떤 전략도 실행력을 갖기 어렵고, 실행력이 없는 전략은 지역의 미래를 뒷받침할 수 없다. 지방의 경쟁력은 보이지 않는 재정 구조 위에서 움직이며, 이 구조가 단단해질 때 비로소 지역의 비전도 실체를 갖는다. 지방재정 개혁은 한 지방정부가 해결해야 할 과제가 아니라 국가 전체의 지속가능성에 직결된 문제이며, 대한민국이 다음 단계로 나아가기 위해 반드시 넘어야 할 구조적 관문이다.

재정투자의 전략적 우선순위

　재정은 지역의 미래를 비추는 가장 솔직한 거울이다. 어떤 도시가 무엇을 중요하게 생각하고, 어떤 방향으로 나아가려 하는지는 예산서에서 명확하게 드러난다. 재정투자는 추상적 비전과 현실 사이를 잇는 다리이자, 지역 정책의 진짜 의지를 확인하는 좌표이다. 그래서 재정이 어디에, 어떤 순서로 투입되는지는 지역의 전략, 철학, 방향을 드러내는 핵심 신호이다. 특히 지방소멸, 산업전환, 기후위기, 인구감소가 동시에 압박을 가하는 오늘의 지역사회에서는 재정투자의 우선순위가 곧 지역의 생존전략이라 해도 과언이 아니다.

　문제는 요구는 끝없이 늘어나지만, 재정은 그 속도를 따라잡기 어렵다는 현실이다. 인구가 줄어드는 지역일수록 복지지출은 더 빠르게 증가하고, 노후 인프라 교체 비용도 시간이 갈수록 커지고 있다. 도시가 커지면 교통·주거·환경·안전의 수요가 늘어나고, 도시가 정체되면 새로운 성장동력을 만들기 위한 투자 수요가 훨씬 더 커진다. 기후위기 대응 비용은 과거와 비교할 수 없을 정도로 상승하고 있고, 감염병 대응과 공공보건체계 강화 역시 지방정부의 재정 부담을 가중시켰다. 한정된 재정으로 이러한 복합 수요를 모두 만족시키는 것은 불가능하다. 결국 재정투자의 '선택'이 불가피해지고, 바로 그 선택이 지역의 경쟁력과 미래를 결정하게 된다.

재정투자의 우선순위를 정할 때 가장 중요한 기준은 '미래구조를 바꾸는 힘이 있는 분야'다. 단기적으로는 눈에 보이는 성과가 적더라도, 장기적으로 지역의 경제·산업·인구 구조를 변화시키는 분야가 우선되어야 한다. 기술혁신, 인재양성, 신산업 생태계 구축은 대표적인 예이다. 민간이 단독으로 투자하기 어렵거나 수익 회수기간이 긴 분야일수록 지방정부의 전략적 개입이 필수적이다. 예컨대 지역대학의 특성화를 지원해 인재를 지역에 붙잡고, 산업단지·혁신거점에 연구개발(R&D) 기반을 강화하며, 스타트업 육성 인프라를 확충하는 일은 하루아침에 성과가 나타나지 않지만 지역경제의 기초 체력을 결정한다. 미래 세대가 지역을 선택할 이유와 기업이 지역에 투자할 명분은 결국 이러한 구조적 기반에서 나온다.

두 번째 기준은 '삶의 질을 실질적으로 높이는 투자'이다. 최근 많은 연구와 정책평가가 보여주듯, 지역의 경쟁력은 경제 지표만으로 평가되지 않는다. 교통 접근성, 주거 안정성, 보육·교육 서비스 품질, 의료 인프라, 도시 안전, 문화·여가 환경 등 주민의 체감 영역이 지역의 매력을 좌우한다. 재정이 부족한 상황에서도 생활SOC 투자의 우선순위를 명확히 세워야 한다. 이를테면 단순한 시설 확충이 아니라, 보행 중심의 도시공간 재편, 근린의료·돌봄 인프라 확충, 공원·녹지의 정비, 노후 주거지 정주여건 개선 등 '생활의 기본'을 다지는 투자가 훨씬 더 효과적일 때가 많다. 지역을 선택하는 사람도, 떠나는 사람도 이 영역에서 판단한다.

세 번째 기준은 '위험을 줄이는 투자'다. 기후위기와 도시 취약성은 더 이상 예외적 상황이 아니라 일상적 리스크이다. 집중호우·폭염·산불·미세먼지·도시침수는 공공 인프라만의 문제가 아니라 주민의 생명과 지역경제에 직결되는 재난 위험이다. 그런데도 이런 분야는 투자 대비 가시적 성과가 크지 않다는 이유로 우선순위에서 밀리기 쉽다. 하지만 재정투자의 관점에서 보면 위험 감소는 가장 중요한 기초 투자이다. 침수 위험지역 정비, 하수·배수관 교체, 하천 관리 강화, 지하차도 안전대책, 산불 대응체계 구축, 폭염 쉼터 확충 등은 비용이 크게 들지만 피해를 막을 때의 편익은 훨씬 크다. 재정투자는 종종 '무엇을 만들 것인가'에 집중되지만, '무엇을 예방할 것인가'가 지역의 지속가능성을 좌우한다.

네 번째 기준은 '행정 역량을 높이는 기반에 대한 투자'이다. 이는 눈에 잘 띄지 않지만 재정낭비를 줄이고 정책의 품질을 높이는 데 매우 중요한 영역이다. 데이터 기반 의사결정 시스템, 디지털 행정 플랫폼, 성과예산제의 실효성 강화, 중기재정계획의 체계적 운용 등이 여기에 속한다. 행정이 효율적으로 작동할수록 같은 예산으로 더 많은 성과를 낼 수 있고, 정책 실패를 줄이며, 사업 중복과 재정 누수를 예방할 수 있다. 특히 공공데이터 기반의 도시관리 시스템이나 기후·환경 모니터링 체계는 장기적으로 큰 비용을 절감하는 투자다. 결국 '예산을 쓰는 방식'을 바꾸는 것이 재정투자의 또 하나의 우선순위이다.

　　마지막 기준은 '정책 수용성과 신뢰를 높이는 투자'이다. 아무리 필요한 사업이라 해도 주민의 신뢰를 얻지 못하면 지속되기 어렵다. 주요 사업의 비용·편익 분석, 재정영향 평가, 대안 검토과정 등을 주민에게 투명하게 공개하고 충분히 설명해야 한다. 주민참여예산의 실질화, 공론장 운영, 숙의 기반의 정책 결정은 재정투자의 정당성을 높이는 방법이자 갈등을 줄이는 가장 비용 효율적 방식이다. 주민의 신뢰는 재정보다 더 큰 자산이고, 신뢰가 뒷받침 될 때 재정투자도 안정성을 확보한다.

　　재정투자의 전략적 우선순위란 어느 분야에 돈을 더 쓰느냐의 문제가 아니다. 그 선택은 지역이 어떤 미래를 원하는지, 무엇을 가장 중요하게 여기는지, 어떤 리스크를 줄이고 어떤 강점을 키우려 하는지에 대한 종합적인 판단이다. 미래 경쟁력, 삶의 질, 안전, 행정 역량, 신뢰라는 다섯 축을 기준으로 재정의 방향을 정렬하면 재정은 단순한 비용이 아니라 지역의 성장전략으로 기능한다. 재정의 방향은 지역의 방향이고, 재정의 선택은 지역의 미래를 결정한다. 지금 필요한 것은 예산을 더 많이 쓰는 것이 아니라, '어디에 먼저 써야 하는가'를 정확하게 판단하는 일이다. 그 판단이 바로 지역의 미래를 가르는 가장 중요한 결정이다.

디지털 전환과 스마트 행정체계 구축

　지방의 행정개혁을 이야기할 때 사람들은 흔히 조직개편이나 인사, 예산 구조 개편을 먼저 떠올린다. 물론 그런 요소도 중요하다. 그러나 지금 지방행정을 근본적으로 바꾸는 힘은 다른 곳에서 나오고 있다. 바로 디지털 전환이다. 민원 창구에서 기다리는 시간이 줄고, 각종 인허가를 온라인으로 처리하고, 기상 정보와 재난 알림이 실시간으로 도착하는 변화는 모두 디지털 행정이 만든 풍경이다. 문제는 이 변화가 아직 중앙정부와 일부 대도시에 집중되어 있다는 점이다. 이제 지방행정의 혁신을 위해서는 디지털 전환을 "추가 업무"가 아니라 지방자치를 작동시키는 새로운 근간으로 바라보는 시각 전환이 필요하다.

　대한민국은 이미 세계적으로 인정받는 디지털 정부 국

가이다. 유엔 전자정부 평가와 OECD 디지털정부 지수에서 늘 최상위권을 기록해 왔다. 초기에는 종이문서를 전자문서로 바꾸고, 여러 부처에 흩어져 있던 민원을 '정부24' 같은 통합 창구로 모으는 것이 주요 과제였다면, 이제는 이를 넘어 하나의 플랫폼에서 국가 전체가 함께 행정을 설계하는 단계로 가고 있다. 행정안전부가 추진 중인 '디지털 플랫폼정부' 구상은 중앙과 지방이 공통 플랫폼 위에서 데이터를 공유하고, 인공지능과 자동화를 활용해 새로운 서비스를 함께 만드는 방향이다. 지방자치단체는 단순한 사용자에서 벗어나, 이 플랫폼 위에서 직접 정책과 서비스를 설계하는 공동 주체로 나서야 한다.

가장 큰 변화는 AI와 데이터 기반의 행정 의사결정 시스템이다. 그동안 행정은 법령과 경험, 조직의 관행에 의존해 왔다. 앞으로는 데이터를 분석해 정책 결정을 뒷받침하는 "근거 기반 행정"이 표준이 될 것이다. 인구, 교통, 상권, 토지이용, 복지 수요 데이터가 통합되면 특정 지역의 버스 노선을 어떻게 조정해야 하는지, 어느 동네에 돌봄센터나 공공임대주택이 필요한지 정교하게 판단할 수 있다. 산불·홍수 같은 재난 위험도 기상·지형·산림 데이터와 과거 사고 이력을 AI로 분석해 사전 예측이 가능하다. 행정의 '감'에 의존하던 정책이 데이터와 알고리즘을 근거로 움직이는 구조로 재편되는 것이다.

이와 함께 행정 프로세스 자동화는 더 이상 선택이 아니라 필수이다. 여전히 많은 지자체에서는 공무원이 반복적인 행정 절차―자료 붙이기, 중복 입력, 단순 심사―에 엄청난 시간을 쓰고 있다. 디지털 전환의 목적은 이런 반복 업무를 RPA^(로봇프로세스자동화)나 자동 심사 시스템에게 맡기고, 공무원은 사람의 판단과 현장 소통, 정책 설계 같은 고유한 업무에 집중하도록 만드는 것이다. 예컨대 보조금 신청이 들어오면 시스템이 자동으로 자격 요건을 심사하고, 관련 데이터를 교차 조회한 뒤 문제가 있을 때만 담당자에게 넘기는 방식이다. 이렇게 되면 행정은 더 빨라지고, 공무원의 전문성도 더 잘 발휘될 수 있다.

민원서비스 혁신은 주민이 직접 체감하는 변화이다. 많은 지자체가 온라인 민원 창구를 운영하고 있지만, 여전히 주민들은 서류를 떼서 이 부서, 저 부서를 오가는 일을 반복한다. 진정한 디지털 행정은 행정을 '부서 중심'이 아니라 '시민의 삶의 흐름' 기준으로 다시 설계하는 데 있다. 출생, 취업, 창업, 결혼, 노후 같은 삶의 단계별로 필요한 인허가와 지원 절차를 하나의 서비스로 묶어, 한 번의 신청으로 끝낼 수 있도록 해야 한다. 모바일 하나로 서류 제출, 결제, 진행 상황 확인, 결과 통보까지 처리할 수 있어야 한다. 여기에 AI 상담, 다국어 안내, 고령층을 위한 음성 기반 서비스 등을 결합하면 민원서비스는 지금보다 훨씬 친절하고 간편해질 수 있다.

공공데이터 개방과 지역 데이터 허브 구축도 지방의 디지털 전환에서 핵심 인프라 역할을 한다. 지금까지는 부서와 기관마다 데이터를 따로 관리해 왔고, 필요할 때마다 공문으로 요청해왔다. 이제는 시·도와 시·군·구가 공동으로 사용할 수 있는 지역 데이터 허브를 만들어 도로·교통·산업·부동산·복지·환경 데이터를 한곳에 모으고, 표준화된 형태로 관리해야 한다. 이렇게 구축된 데이터 허브 위에서 민간기업, 스타트업, 대학, 연구기관이 데이터를 활용해 지역 맞춤형 서비스를 개발할 수 있다. 상권 분석, 관광객 이동, 교통 흐름 같은 데이터가 개방되면 지역 산업정책과 도시계획도 한층 정교해진다. 지방정부가 '지역 데이터 생태계'의 설계자이자 조정자로 나서야 하는 이유가 여기에 있다.

지방재정의 지속가능성 측면에서도 디지털 기반 재정관리체계의 고도화는 빼놓을 수 없다. 인구 감소와 복지 지출 확대는 이미 지방재정을 압박하고 있고, 경기 변동에도 매우 취약하다. 분절된 예산·회계 시스템으로는 위험 징후를 제때 포착하기 어렵다. 세입·세출 데이터를 실시간으로 모니터링하고, 사업별·부서별 집행률과 성과를 시각화하는 디지털 예산·회계 시스템이 필요하다. AI를 활용하면 세입 추계를 정교화하고, 경기 변화나 인구 구조 변화를 반영해 중기 재정 계획을 자동으로 재조정하는 시뮬레이션도 가능하다. 재정의 투명성과 책임성이 높아질수록 주민의 신뢰도 함께 높아질 것이다.

물론 디지털 전환에는 위험도 따른다. 가장 큰 위험은 디지털 격차이다. 고령층, 장애인, 농어촌 주민, 저소득층은 디지털 서비스 접근성이 떨어진다. 디지털 전환은 이들을 소외시키지 않는 방향으로 설계돼야 한다. 오프라인 창구를 일정 수준 유지하고, 디지털 교육과 보조기기 지원 정책을 병행해야 한다. 다음으로 중요한 문제는 사이버 보안이다. 데이터와 시스템이 연결될수록 사고 위험도 커진다. 지방정부는 사이버 보안을 단순 기술 이슈가 아니라 공공 안전의 핵심 요소로 인식해야 한다. 마지막으로 조직

문화의 문제도 있다. 새로운 시스템이 "또 다른 부담"으로 느껴지면 혁신은 실패한다. 디지털 전환은 인사·평가, 교육, 리더십 등을 포함한 조직 개혁과 함께 추진돼야 한다.

결국 지방의 디지털 전환과 스마트 행정체계 구축은 단순한 기술 프로젝트가 아니다. 행정의 방식을 종이와 도장 중심에서 데이터와 플랫폼 중심으로 바꾸는 일이며, 민원 서비스를 '관청 중심'에서 '시민 경험 중심'으로 재구성하는 과정이다. 동시에 취약계층을 더 세심하게 포용하고, 보안과 안전을 강화하며, 내부 조직문화까지 혁신하는 복합 개혁이다.

지방이 이 변화를 적극적으로 끌어안게 되면 디지털 기술은 인구감소·재정압박·복지 수요 증가라는 삼중고를 돌파하는 강력한 도구가 될 수 있다. 반대로 이 흐름을 놓치면 지방은 중앙과 대도시의 뒤만 따라가는 '하청 행정'에 머물 위험이 크다. 지방의 행정개혁은 결국 디지털 전환의 성공 여부에 달려 있다. 그리고 그 디지털 전환이 진정한 의미를 가지려면, 기술이 목적이 아니라 사람을 위한 수단이라는 단순한 원칙을 끝까지 붙잡아야 한다. 주민의 삶이 더 편해지고, 공무원의 일이 더 의미 있어지

고, 지역 공동체가 더 건강해지는 방향으로 디지털 전환
이 진행될 때 우리는 비로소 행정개혁이라는 말을 당당하
게 사용할 수 있다.

규제혁신과 행정절차 간소화

　규제혁신과 행정절차 개편의 논의는 늘 중앙정부 차원의 담론으로 치부되기 쉽다. 그러나 기업이 처음 부딪히는 규제의 상당 부분은 결국 지방정부의 입지 규정, 건축 기준, 환경 관련 조례, 그리고 수많은 인허가 절차이다. 지역에서 사업이 시작되느냐 중단되느냐는, 새로운 기업이 정착하느냐 떠나느냐는, 단지 법령이 아니라 "얼마나 빨리, 얼마나 예측 가능하게" 행정이 움직이느냐에 달려 있다. 결국 규제혁신의 성패는 현장에서 결정된다.

　국내외 연구성과는 한 가지 공통된 메시지를 반복한다. 지역의 경쟁력은 산업 인프라나 재정지원보다 규제환경과 절차의 속도에서 갈린다는 것이다. 국토연구원과 산업연구원의 실증분석에서도 지방 소재 기업들은 "세금이나 보조금보다 인허가 지연과 불명확한 기준이 더 큰 애로”라고 답했다. OECD의 지속가능성 보고서 역시 ‘규제의 수준’보다 ‘복잡성·중복성·편차’가 기업 활동을 더 크게 제약한다고 지적한다. 결국 규제가 문제가 되는 것은 규제가 많아서가 아니라, 규제가 ‘예측 불가능하고 오래 걸리기 때문’이라는 의미이다.

특히 한국의 규제체계는 여러 법령과 지침이 중첩되면서 현실과 동떨어진 구간이 많다. 입지규제는 과거의 제조업 중심 시대에 머물러 있고, 환경규제는 위험도·배출량을 구분하기보다 획일적 기준을 적용하며, 건축·경관 규제는 도시의 변화 속도를 따라가지 못한다. 이에 더해 인허가 절차는 품목별·부서별·단계별 심의가 중복되며, 심의위원회는 구청·시청·광역단위에서 각각 운영되는 경우도 많다. 법령에는 명확한 기준이 없고, 절차에는 분명한 기한이 없어 심사가 몇 달, 길게는 몇 년까지 늘어나는 현실에서 기업들은 “규제보다 더 무서운 것이 행정 절차”라고 말한다.

세계 여러 나라가 규제를 완화하면서도 공공성을 지키는 방식으로 네거티브 규제방식을 채택하는 이유도 여기에 있다. 금지된 것 외에는 원칙적으로 허용하는 방식, 즉 "허용을 기본값으로 두는 제도"는 변화가 빠른 산업 환경에 특히 유효하다. 일본은 경제특구에서 네거티브 방식을 적용해 로봇 · 바이오 · 의료 분야의 신사업을 빠르게 실증했고, 영국은 데이터 · 핀테크 산업에서 규제 샌드박스를 통해 혁신을 일상적인 행정절차와 결합했다. 규제는 그대로 두고 절차만 줄이는 방식으로는 혁신을 따라갈 수 없다는 것을 보여주는 대표적 사례이다.

패스트트랙 도입도 세계적으로 확산되는 추세다. 미국은 국가적 전략산업이나 지역 일자리 창출 효과가 큰 프로젝트에 대해 연방 · 주 · 지방정부의 인허가를 통합하고, 일정 기한 내 심사가 완료되도록 강제하는 제도를 두고 있다. 영국의 NSIP(Nationally Significant Infrastructure Projects)는 대규모 투자 프로젝트에 대해 통합심의와 단일창구를 운영하여, 일반 심사보다 처리 기간을 30~50% 단축한 성과를 내고 있다. 한국도 특별법을 제정할 때만 한시적으로 패스트트랙을 열지만, 상시적 패스트트랙 제도가 없는 것이 현실이다. 결국 매번 정치적 상황과 여론에 따라 "특례 입법"에 의존하는 구조는 지속가능하지 않다.

한국 지방정부의 절차는 더욱 복잡하다. 환경·교통·건축·경관·소방·산지 등 수많은 심의가 일렬로 배열되어 있고, 각 심의는 서로 다른 서류와 구비요건을 요구한다. 심의위원회가 3개, 5개, 많게는 7~8개씩 열리는 경우도 있다. 어떤 위원회는 '지방 차원의 규정'이고, 어떤 위원회는 '국가 가이드라인 해석'이며, 어떤 위원회는 '관행'으로 남아 있어 공무원조차 기준의 출처를 명확히 설명하지 못하는 경우가 적지 않다. 이런 구조에서는 규제의 완화보다 절차의 단축이 훨씬 더 긴급한 과제이다.

따라서 규제혁신의 첫 번째 원칙은 네거티브 규제방식으로 구조를 재편하는 것이다. 금지 항목을 명확히 하고, 그 외 활동은 허용하는 식으로 규제의 기본 틀을 전환해야 한다. 입지·건축·환경 기준도 금지요소 중심으로 재정비하면 사업자는 자신이 할 수 있는 범위를 명확히 파악할 수 있고, 행정은 허용 여부를 두고 해석하는 부담을 덜 수 있다.

두 번째 원칙은 전략적 규제완화이다. 무분별한 완화가 아니라, 지역산업 전략과 연계해 "어디에서 무엇을 풀 것인지"를 정하는 방식이다. 예컨대 반도체·바이오·로봇·첨단제조 등 고부가가치 산업은 역세권·대학 인근·도심형 산업지구 같은 특정 구역에서 용도 제한을 유연하게 풀고, 건축·시설 기준을 조정해 복합용도 개발을 가능하게 해야 한다. 반대로 난개발 위험이 큰 지역은 오히려 규제를 강화해야 한다. 규제의 강약이 아니라, 규제의 방향이 중요하다.

세 번째는 지역투자를 가속화하기 위한 기업투자 프로젝트 패스트트랙 도입이다. 지방정부가 자율적으로 특정 규모 이상의 투자 프로젝트를 지정하고, 인허가·심의·협의 절차를 병렬로 진행해 처리 기간을 획기적으로 단축하는 제도이다. 단일창구를 설치하고, 전담 매니저(PM)를 두어 모든 심의 일정을 조정하도록 하면, 현재 6개월~1년 이상 걸리는 절차를 절반 이하로 줄일 수 있다. 연구성과에서도 패스트트랙 제도는 단지 기간 단축 효과뿐 아니라, 행정과 기업 간의 소통 구조 개선에도 긍정적 영향을 준 것으로 나타난다.

네 번째는 인허가 심의위원회의 중복 해소와 통합심의 체계 구축이다. 심의위원회를 통폐합하고, 동일한 자료를 여러 번 제출하지 않아도 되는 통합심의 시스템을 만들면 행정의 부담과 기업의 비용 모두 크게 줄어든다. 심의기준을 사전에 공개하고, 심의권한과 책임을 명확히 구분하면 예측가능성이 높아지고, 불필요한 지연도 줄어든다. 또한 "사전컨설팅·사전협의" 제도를 활성화하면, 초기 단계에서 입지·교통·환경·안전 문제를 조기에 해결해 뒤늦은 보완 요구로 인한 지연을 줄일 수 있다.

한국 사회의 규제논쟁은 흔히 "풀어야 한다"와 "지켜야 한다"의 이분법에 갇히기 쉽다. 그러나 실제 필요한 것은 금지냐 허용이냐의 논쟁이 아니라, 어떻게 설계하고, 얼마나 신속하게 집행하며, 어떤 목적에 따라 유연하게 적용할 것인가에 대한 논의이다. 규제를 줄이는 것이 목표가 아니라, 규제의 품질을 높이고, 절차의 속도를 높이는 것이 핵심이다.

결국 지역산업 발전의 경쟁력은 지방정부의 규제역량에서 출발한다. 규제를 없애는 것이 아니라, 명확하게 만들고, 예측 가능하게 만들고, 속도를 높이는 것—이것이 지역의 미래를 결정한다. 네거티브 규제방식 전환, 전략적 규제완화, 프로젝트 패스트트랙, 통합심의체계 구축이 제대로 작동한다면 지방은 더 이상 규제의 소극적 집행기관이 아니라, 지역의 성장을 설계하는 적극적 파트너가 될 수 있다. 그리고 바로 그 변화가 지역의 산업지도를 다시 그리고, 기업과 인재가 머무는 새로운 성장의 길을 여는 첫걸음이 될 것이다.

주민참여와 숙의 민주주의

　지역의 문제를 해결하는 방식은 이제 근본적으로 달라져야 한다. 과거처럼 행정이 정책을 정해놓고 주민에게 '설명하는 절차'를 밟는 방식으로는 복잡한 지역문제를 해결할 수 없다. 오늘날의 지역사회는 서로 다른 이해와 가치가 얽혀 있어 의사결정의 속도만큼이나 공정성과 정당성도 중요한 기준이 되었다. 정책이 현장에서 실효성을 갖기 위해서는 주민이 정책의 대상이 아니라 과정 전반에 참여하는 공동 설계자가 되어야 한다. 이러한 이유로 주민참여, 숙의, 투명성은 선택적인 부속 요소가 아니라 지방행정을 떠받치는 핵심축이 되고 있다.

　국내외의 지방정부들을 비교한 연구들은, 주민참여가 활발할수록 정책 만족도와 행정 투명성이 높고 갈등 해결

비용이 낮다는 공통된 결론을 제시한다. OECD 또한 숙의와 참여 수준이 높은 국가일수록 정부 신뢰도가 높고 정책의 수용성과 성과가 안정적이라고 분석한다.

국내에서도 주민참여는 이미 효과를 입증하고 있다. 주민참여예산 제도는 도시재생, 보행안전, 환경 개선 같은 생활밀착형 사업에서 실질적 변화를 이끌어냈고, 중앙정부의 국민참여예산 역시 교통·복지·청년 분야에서 실제 예산 배정 결과를 만들어냈다. 지방언론들은 "주민이 제안한 사업이 실행되고, 그 결과가 공개되자 참여 의욕이 높아졌다"는 사례를 잇달아 소개한다. 하지만 일부 지자체에서는 공청회가 형식적 절차에 머물고, 이미 결론이 난 정책을 사후 보고하는 방식이 반복되고 있다. 특정 단체의 의견이 과도하게 반영되어 대표성이 왜곡되는 문제도 여전히 존재한다. 참여의 '양'은 늘어났지만 '질'과 '영향력'은 아직 충분히 확보되지 못한 것이다.

이 간극을 메우기 위해 세계가 주목하고 있는 방식이 바로 숙의 민주주의(Deliberative Democracy)이다. 숙의 민주주의는 주민이 충분한 정보를 바탕으로 서로의 논거를 주고받으며 해결책을 찾아가는 과정으로, 특히 이해관계가 복잡하거나 갈등이 큰 의제에서 효과가 크다.

프랑스 파리와 낭트는 도시개발·교통 계획 같은 민감한 사안에서 시민회의를 구성해 전문가 자료 설명, 반복적 토론, 합의 도출 절차를 거쳐 실질적 정책 권고안을 만들었다. 스코틀랜드의 '기후시민의회'는 무작위로 선정된 시민들이 기후정책을 몇 달에 걸쳐 토론하고 정부에 공식 권고안을 제출했으며, 상당 부분 정책으로 반영되었다. 캐나다 브리티시컬럼비아주(BC)의 시민의회는 선거제도 개혁이라는 고난도 의제를 시민들이 직접 검토하고 최종안을 마련한 뒤 주민투표에 부친 사례로 유명하다. 독일 함부르크는 도시녹지 계획과 교육정책에서 시민패널 제도를 도입해 갈등 비용을 줄이고 정책 수용성을 높였다는 평가를 받았다. 이러한 사례들은 숙의가 단순한 참여 확대가 아니라, '정책 형성 과정 자체를 설계하는 방식'임을 보여준다.

숙의가 제대로 작동하기 위해서는 투명성이 보장되어야 한다. 예산, 도시계획, 환경영향평가, 회의록, 용역자료 등 정책의 기초 자료들이 주민에게 이해하기 쉬운 형태로 제공되어야 한다. KDI와 국책연구기관들의 연구는 정보 접근성이 높을수록 주민참여가 확대되고 지방정부에 대한 신뢰가 상승한다고 분석한다.

그렇다면 주민참여를 어떻게 활성화할 것인가. 첫걸음은 참여의 문턱을 낮추는 일이다. 복잡한 행정 용어와 절차를 이해하기 쉬운 형태로 바꾸고, 예산·계획 자료를 온라인 플랫폼에서 누구나 손쉽게 확인할 수 있게 해야 한다. 동시에 무작위추출 방식의 시민참여단을 도입해 참여의 대표성과 다양성을 제고해야 한다.

다음 단계는 참여의 방식을 숙의 중심으로 전환하는 것이다. 단순히 의견을 묻는 소극적 참여가 아니라, 정보 제공 → 전문가 설명 → 소그룹 토론 → 전체 논의 → 합의안 도출로 이어지는 체계적인 구조를 설계해야 한다. 이렇게 해야 주민이 갈등을 조정하고 대안을 찾는 과정에 실제로 참여할 수 있다.

다음으로는 참여의 결과가 정책에 실질적인 영향력을 갖도록 만들어야 한다. 아무리 절차를 정교하게 설계해도 그 결과가 예산이나 사업계획, 조례에 반영되지 않는다면 주민은 금세 냉소로 돌아선다. 참여결과를 반영하도록 의무화하고, 그 이행 여부를 주민에게 투명하게 공개하는 장치가 필요하다.

마지막으로 환류 체계를 강화해야 한다. 참여 이후의 집행 현황, 문제점, 성과를 꾸준히 공개하고, 필요할 경우 주민과 다시 논의하는 순환 구조를 마련해야 한다. 이러한 환류가 뒷받침될 때 주민은 "내가 한 참여가 실제 변화를 만들고 있다"는 확신을 갖게 되고, 참여는 비로소 하나의 완결된 시스템으로 자리 잡는다.

이 과정에서 지방언론·시민사회·지방정부의 역할도 재정립되어야 한다. 지방언론은 단순 비판이나 사건 전달을 넘어 지역 공론장을 형성하는 촉진자 역할을 해야 한다. 시민사회는 숙의 과정의 설계자이자 진행자로서 전문성을 발휘해야 하며, 지방정부는 이 전체 시스템이 작동하도록 제도적 기반을 제공해야 한다. 세 주체가 균형 있게 움직일 때 주민참여는 형식적 절차가 아니라 정책의 실제 동력이 된다.

주민참여는 지방행정을 복잡하게 만드는 부담이 아니라, 정책을 더 정확하게 만들고 갈등 비용을 줄이며 지역의 지속가능성을 높이는 해법이다. 정책은 책상 위에서 완성되지 않는다. 주민이 정책의 처음부터 끝까지 함께하는 구조가 마련될 때, 지방정부는 현장을 반영하는 행정을 할 수 있고 주민은 지역의 미래를 스스로 결정하는 주체가 된다. 이것이 우리가 다시 주민참여를 이야기해야 하는 이유이며, 변화하는 시대 속에서 지방의 경쟁력을 키우는 가장 현실적이고 지속가능한 길이다.

갈등조정과 공공의사결정 혁신

오늘의 지방정부가 직면한 행정환경은 과거와 비교할 수 없을 만큼 복잡해졌다. 인구감소, 산업전환, 환경규제, 도시재생, 기후위기 대응처럼 다층적 의제가 한꺼번에 등장하고, 그 과정에서 이해관계가 충돌하는 일도 자연스럽게 늘었다. 갈등은 현대 사회에서 피할 수 없는 현상이지만, 그것을 어떤 방식으로 다루느냐에 따라 정책의 추진 과정과 정책에 대한 신뢰가 크게 달라진다. 이러한 점에서 갈등조정과 공공의사결정 혁신은 지방정부가 갖추어야 할 핵심적 행정 역량이다.

우리 사회는 갈등을 제대로 관리하지 못했을 때 어떤 일이 벌어지는지 여러 차례 경험해 왔다. 광우병 촛불시위, 밀양 송전탑 분쟁, 각종 개발사업의 중단 사례를 돌아보면, 갈등이 생긴 이유는 정책의 내용보다 추진 과정에서 신뢰가 충분히 형성되지 않았기 때문인 경우가 많았다. 정책이 이미 결정된 뒤에야 설명되는 방식이 반복되면 시민은 자신이 과정에서 배제됐다고 느끼고, 정보가 제한되어 있으면 의심과 오해는 금세 퍼져나간다. 갈등의 밑바탕에는 사안 자체보다 절차적 신뢰의 부족이 자리 잡고 있었다는 뜻이다.

해외에서는 갈등을 제도적으로 관리하는 방식을 오래전부터 발전시켜 왔다. 단순한 의견수렴을 넘어, 이해관계가 충돌하는 지점을 제도적 장치로 조정하여 정책의 안정성을 높인 사례가 적지 않다. 독일 함부르크는 도시재생 과정에서 갈등이 반복되자 '시민참여위원회'를 상설화해 주민, 전문가, 행정이 한 테이블에서 논의하는 구조를 만들었다. 복잡한 개발 계획을 단계별로 공개하고, 대안 시나리오를 함께 검토하도록 하면서 장기간 논란이었던 프로젝트의 추진력을 다시 확보했다.

캐나다 브리티시컬럼비아(BC)주는 더 나아가 무작위 추첨으로 시민을 선발해 '시민의회'를 구성하고, 선거제도 개혁이라는 고도의 정치적 사안을 1년간 숙의해 최종 권고안을 도출했다. 이해관계가 첨예한 분야임에도 시민의회가 사회적 갈등을 크게 완화한 이유는, 누구나 신뢰할 수 있는 절차 안에서 심도 있는 논의가 이루어졌기 때문이다.

프랑스 낭트는 대형 도시계획과 환경정책 결정 과정에 '시민회의'를 운영해 지역 내 갈등을 줄여 왔다. 계획의 목적, 영향, 대안 등을 투명하게 공개하고 시민 숙의를 거치도록 하면서, 사업 추진 과정에서 불필요한 사회적 비용을 크게 낮추는 효과를 얻었다.

이들 사례가 보여주는 공통점은 갈등을 피하거나 덮어두는 것이 아니라, 갈등을 다룰 절차를 공공의사결정 시스템 속에 상시적으로 포함시켰다는 점이다. 이러한 절차가 모든 갈등을 완전히 해결하는 것은 아니지만, 정책의 수용성과 지속성을 높이는 데 결정적인 역할을 한다는 사실은 이미 여러 국가에서 입증되고 있다. 정책의 성패가 내용만으로 결정되지 않고, 신뢰할 수 있는 과정이 함께 마련될 때 비로소 안정적으로 추진된다는 점에서, 이러한 제도적 접근은 오늘 우리의 지방행정에도 중요한 시사점을 제공한다.

반면 한국 지방정부의 갈등조정 시스템은 아직 충분히 갖춰져 있지 않다. 공청회 중심의 형식적 참여, 정보 공개의 한계, 중립적 조정기구의 부재, 의사결정 과정의 정치적 부담 등은 갈등이 불필요하게 증폭되는 구조를 만든다. 갈등이 본격적으로 표면화된 뒤에야 대응하는 방식은 행정·재정 비용을 높일 뿐 아니라 지역사회 신뢰까지 저해할 수 있다. 행정의 전문성과 정책 설계의 완성도와 별개로, 절차적 신뢰가 부족하면 정책은 현장에서 흔들리기 마련이다.

지방정부의 갈등관리 역량을 높이기 위해 무엇보다 중요한 것은 정책의 출발점부터 신뢰를 쌓는 일이다. 행정이 충분한 정보를 공개하고, 정책의 배경과 필요성을 주민이 이해할 수 있도록 투명한 기반을 갖추면 갈등의 불씨는 초기 단계에서 상당 부분 조정될 수 있다. 정보가 열려 있어야 참여도 가능하기 때문이다.

참여 구조 역시 형식이 아니라 실제 논의가 이뤄지는 장으로 바뀌어야 한다. 숙의형 공론장이나 시민참여단처럼 다양한 의견이 조기에 모여 논의될 수 있는 틀이 마련되면, 갈등은 찬반의 대립이 아니라 문제 해결을 위한 대화로 옮겨간다. 이 과정에서 중립성과 전문성을 갖춘 조정기구가 개입해 절차를 관리해준다면, 이해당사자 간의 감정적 대립도 논리적이고 예측 가능한 절차 속에서 다뤄질 수 있다.

무엇보다, 주민이 참여해 만들어낸 의견이 실제 정책이나 예산, 계획에 반영되는 구조가 마련되어야 한다. 참여가 현실의 변화를 이끌어내지 못하면 주민의 신뢰는 오래 유지되기 어렵다. 반대로 참여 결과가 정책으로 이어지는 경험이 쌓이면 지역사회는 자연스럽게 더 안정적이고 협력적인 방식으로 문제 해결에 나설 수 있다.

이러한 흐름이 자리 잡을 때, 갈등은 지역발전을 가로막는 장애가 아니라, 더 나은 결정을 이끌어내는 과정이 될 수 있다.

갈등은 지역사회가 성장하는 과정에서 피할 수 없는 현상이다. 중요한 것은 갈등을 없애는 것이 아니라, 갈등이 드러나는 순간 이를 제대로 다룰 수 있는 제도적·절차적 기반을 갖추는 일이다. 이러한 기반이 마련되어야 정책은 흔들림 없이 실행될 수 있고, 행정에 대한 주민의 신뢰도

쌓인다. 장기적으로는 지역발전의 안정성을 높이는 중요한 조건이 되기도 한다. 지방의 경쟁력이 다양한 요소의 결합에서 만들어지듯, 갈등을 정교하게 관리하는 능력 역시 지역이 지속가능한 성장 구조를 갖추는 데 꼭 필요한 공적 역량이다.

지역발전의 방향이 갈수록 다양해지고 주민의 기대와 이해가 복잡해지는 시대일수록, 공공의사결정의 질은 더 큰 의미를 갖는다. 의사결정 과정에 주민이 참여하고, 정보가 투명하게 공개되며, 갈등이 감정의 충돌이 아니라 절차적 논의를 통해 다뤄지는 지역은 변화와 위기에 대한 대응력이 자연스럽게 높아진다. 그러므로 갈등조정과 공공의사결정 혁신은 행정의 부수적 기능이 아니라, 지역사회가 성숙해지는 과정이자 지속가능한 미래를 떠받치는 필수적 토대라고 할 수 있다.

에필로그

　지방을 살리는 일은 단순히 한 지역의 문제를 해결하는 차원을 넘어, 대한민국이라는 공동체의 지속가능한 미래를 다시 설계하는 일이다. 수도권과 지방의 격차는 오랜 시간 누적된 구조적 문제이지만, 그것이 영원한 운명은 아니다. 국가는 언제나 선택의 결과로 움직이고, 제도는 방향을 바꿀 수 있으며, 지역은 스스로의 미래를 다시 그릴 수 있다. 지금 필요한 것은 지방을 '지원의 대상'으로 보는 낡은 시각을 넘어, 지방을 대한민국 성장 엔진의 한 축으로 재정의하는 일이다.

　지방의 경쟁력을 키우는 일은 단일 정책으로 완성되지 않는다. 산업, 교육, 인재, 교통, 재정, 문화가 서로 얽혀 있는 구조적 문제이기 때문이다. 그러나 분명한 사실이 하나 있다. 지역이 스스로 경쟁력을 갖고 자립할 수 있어야 국가 전체의 체력이 올라간다는 점이다. 지방이 빠르게 늙고 비어가면 국가의 경제와 사회는 더 이상 지탱할 힘을 갖기 어렵다. 반대로, 지방이 혁신과 균형발전의 기반을 마련하면 수도권의 과부하는 줄고 국가 전체의 잠재성장은 높아진다. 이것이 바로 지방의 경쟁력이 곧 국가경쟁력이라는 명제가 현실적이고 절박한 이유이다.

산업과 교육, 교통과 정주 여건이 유기적으로 결합할 때 지역은 훨씬 더 큰 기회를 만들어낼 수 있다. 혁신산업의 집적, 과학기술 생태계의 확대, 문화적 자산의 재발견이 맞물리는 순간, 지방은 더 이상 수도권의 보조적 공간이 아니다. 스스로 미래를 설계하는 하나의 독립된 성장축으로 자리매김할 수 있다. 이러한 변화가 전국 곳곳에서 실현된다면, 대한민국의 지역균형발전은 더 이상 구호에 머물지 않고 현실이 될 것이다.

지방문제는 결국 사람의 문제이다. 사람이 떠나면 지역은 사라지고, 사람이 돌아오면 지역은 살아난다. 따라서 지방정책의 목표는 '사람이 머물 이유'를 만드는 데 있다. 좋은 일자리, 좋은 교육, 좋은 삶의 조건이 뒷받침될 때 지방은 자연스럽게 활력을 되찾는다. 중앙정부와 지방정부, 기업과 시민사회가 함께 책임을 나눠야 하는 이유도 여기에 있다. 균형발전은 어느 한 기관의 성과가 아니라 국가 공동의 프로젝트이기 때문이다.

지방이 가진 가능성은 여전히 크다. 국토의 90%가 수도권 밖에 있다. 천연자원과 산업입지, 문화·관광 자원, 기술집약형 산업을 수용할 넉넉한 공간이 지방 곳곳에 있다. 이것은 위기가 아니라 기회이다. 국가 전체가 이 가능성을 전략적으로 활용한다면, 대한민국은 더 넓고 더 튼튼한 성장의 기초를 다시 세울 수 있다.

이제 필요한 것은 결단이다. 지방을 더 이상 '문제의 공간'으로 남겨두지 않겠다는 국가의 확고한 의지, 지역 스스로 혁신을 이루겠다는 사회적 합의, 그리고 이를 실천으로 옮길 정치의 책임 있는 실행력이 그 결단을 완성한다. 균형발전은 어느 정권의 구호가 아니라 대한민국이 생존을 위해 선택해야 하는 시대적 과제이다. 지방의 경쟁력이 높아질 때 대한민국은 더욱 견고해지고, 미래로 나아갈 길도 열릴 것이다.

그리고 그 길의 끝에는 결국 사람이 있다. 우리가 지방을 바로 세우는 일에 힘을 모은다면, 다음 세대는 태어난 곳 때문에 기회를 잃지 않는 나라, 살아가는 곳 때문에 꿈을 포기하지 않아도 되는 나라에서 자신의 미래를 선택할 수 있을 것이다. 국토 곳곳에서 아이들의 웃음이 다시 들리고, 청년들이 돌아오고, 어르신들이 떠나지 않아도 되는 나라—그런 대한민국을 만드는 일이 바로 지금 우리의 선택에 달려 있다.

지방이 살아야 나라가 산다. 이 단순한 진실을 다시 마음 깊이 새기며, 더 균형 있고 더 따뜻한 대한민국을 향한 긴 여정의 첫걸음을 지금 함께 내딛어야 한다.

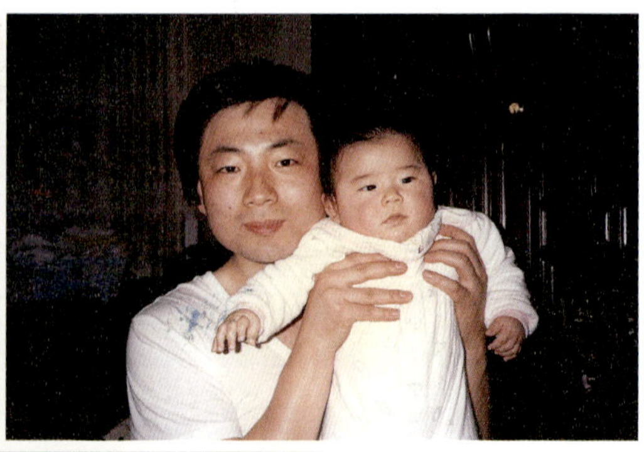

2014년
정부시무식

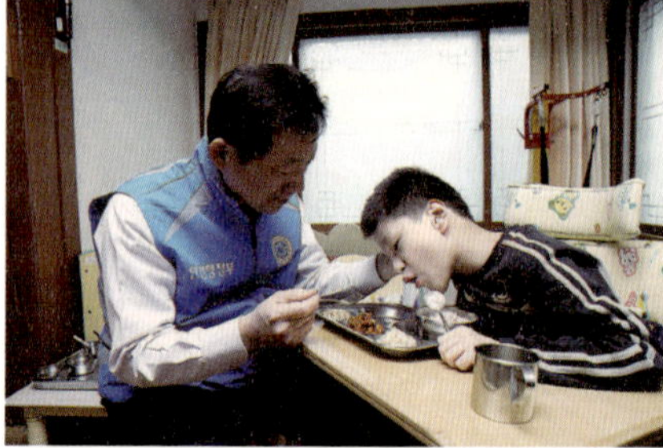

한국해비타트 희망드림주행

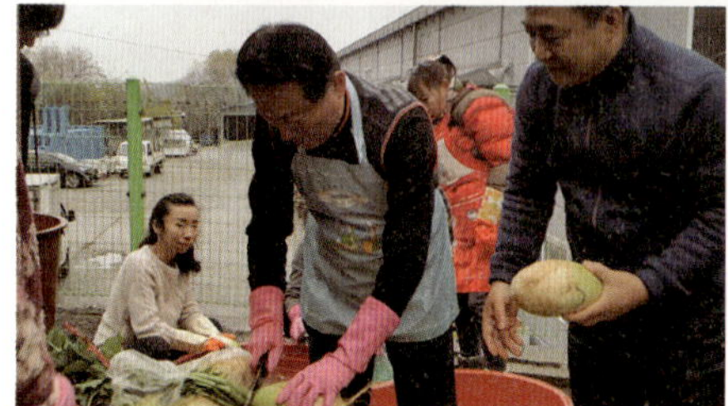